はじめに

それは、ある女性に言われた言葉がきっかけだった。

「かふうさん、ＬＩＮＥやってる？」

そう聞かれた僕は「オジさんだからやってないよ」と答えた。すると彼女は「ＬＩＮＥは便利だよ。私がインストールするからスマホ貸して」と言って、いとも簡単にセッティングしてくれた。途端に電話番号登録をしていた知り合いが立て続けに友だち登録されてきたので、僕はその面々を見て「案外みんなＬＩＮＥやってるんだ」と感心してしまった。

ＬＩＮＥにはメール機能やＬＩＮＥスタンプだけじゃなく、タイムラインという投稿機能もある。それを知った僕は、折角ＬＩＮＥを始めたんだから、そのタイムラインで何か面白いことをやろうと思い、セッティングしてもらった１週間後から数十名の友達や知り合いを相手に毎週１回のタイムライン投稿を始めたのである。その投稿内容をまとめたのが、この本『まじかッ！ほんとうにあったこばなし１００選』である。

最初、受け狙いで面白かった話を投稿していたら、次から次へと過去のことが色々と思い出されてとうとう１００話まで投稿してしまった。本書は筆者の思い出の選りすぐりの１００話のこばなしを収めたものであり、この中には、筆者の人生の中での失敗した話や笑い話、危なかったこと、飲みに行った時の変な出来事、ありえない話、腹が立ったこと、感心したこと、教訓になったこと、子供から教わったことなどがいっぱい詰まっている。

これらの珍妙な体験談を多くの方々に読んでもらって、皆さんが癒されたり、気分転換をしたり、何か人生の教訓としてお役に立てば幸いである。

目次

まじかッ！

ほんとうにあったこばなし100選

1 バーベキュー忘年会

僕は幼なじみの男友達数名と月に1回、居酒屋で飲み会をしている。

毎年11月は、女子も誘ってホテルか中華レストランで忘年会を兼ねた食事会をするようにしていた。

ところが、仲間の一人が「今度の忘年会はバーベキューをやろう！」と言った。

僕は、こんな寒くなる時期にバーベキューなんて気が進まなかった。

だけど、そいつの意見が通ってしまった。


忘年会を兼ねているので、夕方からのバーベキューだった。

開始して間もなく、突然の強風と叩きつけるような横殴りの大雨に見舞われた。

僕らは炭火の点いたバーベキュー釜や肉の載った熱々の鉄板を持って、逃げ惑った。

その場所は高架下の公園だったけれど、高架の丈が高く全然意味がなかった。

食材も荷物も何もかもずぶ濡れになった。僕らはまるでドブネズミのようになっていた。

仕方がないので友達が乗って来た軽トラックに荷物を載せて、僕の実家に場所を移動して続きをやった。

今度は家の中がモウモウと煙に包まれ、目は痛いわ、咳き込むわ、でバーベキューどころではなかった。僕らは燻されてハムか何かになりそうだった。

ほんと散々な忘年会となった。

第一、11月の中旬にバーベキューをやろうという発想がおかしい。

何をするにも時期を考えてやらないといけない。

2 ネコの教え

長年生きていると妙な災難に遭うことがある。

那覇市内に飲みに行った帰りの話。

お店では好きな歌を何曲か歌い、会話も弾んでその日はだいぶいい気分だった。

閉店になったので、店を出て歩いていたらネコがいた。

可愛いかったので、ムツゴロウみたいに仰向けにしてお腹やノドを撫で続けた。

「よし、よし、よーしよし」、ネコは気持ちが良さそうだった。


ところが、突然僕の腕に両爪を立て、噛みついた。

「イタッ」何なんだ、この豹変は。僕の腕に血が滲んだ。


それから、タクシーを捕まえて家路に就いた。車を降りて家に向かって歩いていたら、またネコがいた。「ミャー」と言ったら、「ミャー」と寄って来た。

またネコを撫で続けた。「よし、よし、よーしよし」、ネコも気持ち良さそうだった。

すると、突然腕に爪を立てて激しく噛んだ。

「イッター」、また腕から出血した。何なんだ、お前もか！

その日、僕はネコたちから学んだ。

何事も愛想が良く見えても、相手は必ずしも自分に好意を持っているわけではない。

また、度が過ぎてもいけない。ニャン子先生ありがとう！

それにしても、一晩で野良ネコに二度噛まれた男はいない。

たぶん。

3 臭過ぎる

夏の蒸し暑い夕方、宴会に行くためにタクシーを拾った。

乗った瞬間、異様な臭い。運転手を見ると、ヨレヨレのTシャツに綿パン。とてもタクシーの運転手とは思えない出で立ち。この人、風呂には入ったのか？　それとも、1週間走り続けているのか？

まるで、部活帰りの野球部やサッカー部の高校生が10人乗ったような。

いや、さらにヤギも1頭乗っけたような、汗と加齢臭が複雑にミックスされたような臭さ。

しばらく我慢していたが、たまらず「クーラーがキツいので窓開けてくれますか」と嘘をついた。それからしばらく窓の空気を吸っていたが、今度は暑過ぎる。臭さ過ぎる。

もう限界だ。

「すみません。急に用事が出来たので、ここで下ろしてくれますか」

また、嘘をついてしまった。僕はガソリンスタンドの前で車を降りた。

客商売は小綺麗にしないといけない。臭い男は、男にも嫌われるのよ！

次のタクシーがなかなか捕まらず、おかげで大幅に宴会に遅れてしまった。

「チックショー」。

4 礼儀知らず

世の中には無礼なヤツがいる。

この間、大学病院のトイレで用を足していたら、いきなりトイレのドアが開いた。
すると、20代前半の女の子がチラッと僕を見て、「マジかッ」って言って出て行った。

何なんだ、今のは？ 僕がいたら悪いのか？ 自分が間違えて男子トイレに入って来たくせに！ さも僕が悪いかのように、この吐き捨てていく感じは？

それとも僕の大事なところでも見たのか？ そんなに凄かったのか？ ビビったか？

今どきの若いのは全く礼儀を知らん。目上の者に対してなんだ、その態度は！
それに日本語もなっとらん。いきなり「マジかッ」なんて、ほんと腹立つ！

イライラしながら用を済まし、洗面所で洗った手を拭こうと紙タオルケースに手を伸ばすと、いつもある紙がない！

しかもポケットに手を入れると、いつも入っているハンカチも忘れてるじゃないか！

まじかッ！

5 釣り場の住民

那覇の波の上海岸に釣りに行った。

しばらく当たりが無かったので、菓子パンを食べていたら魚も食いついた。

釣り上げてみたら熱帯魚みたいな魚だったが、とりあえずバケツに泳がしておいた。僕は釣った魚が美味しそうじゃなかったら逃がすことにしている。

それを見ていたのか、野良ネコが僕の周りを遠巻きにウロウロしている。エサのオキアミを投げても食べない。

夕方になって竿を片付けていたら、さっきのネコが足元まで来た。今まで聞いたことのない大きな声で「ニャーニャニャ、ニャーニャニャ」、「ギャーギャギャ、ギャーギャギャ」何か言ってる。

今にも飛びかかりそうな感じの切実な訴えだった。だけど、僕は「生きてるやつはあげないよ」と言って、海にリリースした。

家に帰って、魚類図鑑とインターネットで釣った魚を調べた。「ヒメアイゴ」というらしく、クセがなく刺身や焼き魚、唐揚げにして美味しいと書いてある。

しまった。ネコのほうがよく知っている。恐るべし。ニャン子先生！

6 結果オーライ

何かやっていると、意外なことで褒められることがある。

僕のオトー（父）は僕の弟と二人で住んでいる。

オトーは歳だし弟は料理が下手なので、僕は時々実家に行って夕飯を作っている。

米を研ごうとしたら、まだ炊飯器にご飯が沢山残っていた。それで、今日はチャーハンを作ることにした。冷蔵庫を覗くと、キャベツ、ニンジン、たまねぎ、ピーマン、使いかけのポークランチョンミートがあった。

僕はそれらの野菜とポークをフライパンで炒め、ご飯を加え、塩、ほんだし、コショウ、醤油などの調味料を加える度に混ぜ合わせていた。

すると、ご飯と具がくっついてベタベタになった。それにチョー軟らか過ぎる。お店で食べるあのチャーハンのパラパラ感が全くない。完全に失敗だ。

いざ夕飯になって、オトーが「チューや、マーさー、ジューシー、煮《に》ちぇーさやー（今日は、美味しい炊き込みご飯を作ったんだね）」と言った。

僕「やみ……（そうねー）」。

7 エー、それだけ！

居酒屋で職場の歓迎会があった。

そこは沖縄風の居酒屋で、落ち着いた雰囲気で色々なメニューがあった。幹事の女性曰く、「ここのお料理は新鮮で美味しいのよ」。僕らは期待した。

程なくしてサラダが出てきた。色とりどりの野菜がバランスよく盛られていて美味しそうだった。だけど、よく見るとサラダ菜に1匹のカタツムリが付いている。

予想外のカタツムリの登場に、僕らはザワついた。

それを察して、幹事が店員にカタツムリを指差して「これ」って言うと、店員は「あっ」と言って、カタツムリだけをつまんで行ってしまった。

エー、それだけ！

僕ら、あ然。

幹事、無言。

確かに、新鮮だ。

8 よそ見

毎朝の車通勤はいつも渋滞している。暇なので、僕は周りの人の観察をしている。

運転しながら何か食べているオジさん。

人のことは言えないが、僕も遅刻しそうになったら車で菓子パンを食べている。

後ろのお姉さんはバックミラーを見ながら、あごを尖らせ、物凄い速さでパフで顔を叩いている。あと10分早く起きればいいのに。

特に、日焼けしないようにしている人が多い。グレーのフードをかぶって、サングラスをかけてるオバさん。ハンドルを掴みながら両腕にバスタオルを掛けているオバさん。危なくないのか？

長いツバの帽子をかぶって、フェイスマスクにサングラス、そして手袋。すべて黒づくめ、肌が全然見えない。あんた、マイケル・ジャクソンか？

突然、クラクションの音。あっ、信号が青だ。

後ろのパフパフ姉ちゃんが怒っている。

9 幹事はコリゴリ

バーベキューにはまだ苦い経験がある。

2年前、職場のビーチパーティーの幹事を任された。総勢40名ぐらいで、かなりの人数だ。

場所は那覇に近いビーチの西原マリンパークに予約を取った。

バーベキューセットや食材の予約。ビールや酎ハイ、お茶やジュース、ダイヤ氷やブロック氷、つまみなどの買い出し。クーラーボックスや紙皿、割りばし、コップ、ティシュペーパーやキッチンタオルなどの準備。結構忙しい。

いざ、ビーチパーティーの日。僕は鉄板の前で汗だくになりながら、肉、ウインナー、野菜、焼きそばを焼き続けた。食べる暇もなくひたすら焼き続けた。焼いては配膳し、また焼くの繰り返しでクタクタになった。

だけど、当日ドタキャンも続出した。このビーチでの肉や野菜などのバーベキューセットのキャンセルは3日前までと決められていた。おかげで予算が足りなくなった。

上司には要領が悪いと怒られるわ。後日、ドタキャンの人からは食べてもないのに会費を徴収しなければならず、お互いに気まずい思いをしてしまった。

バーベキューは鬼門だ。

10 バーベキューの恩恵

でも、バーベキューはたまには良いこともあった。

あの、高架下でやったバーベキューで残った肉を料理した時のこと。

僕はビニール袋に入ったままの凍った肉に、直接、焼き肉のタレを浸けて味付けをした。氷も解けていい色に浸かったその肉をバターで炒めていると、弟が近くに寄って来た。

バターの香りとタレの焦げた匂いに、弟が興奮した様子で言った。「これ牛肉？ 牛肉食べるのは久しぶりだなあ」。凄く期待している。

いざ、夕食になって弟が「やっぱり牛肉は美味しいなあ」と言った。僕も一口食べてみると、「こ、これは豚肉じゃないか！」。旨そうに食べている弟に、今更豚肉と言えない。

そして、オトーも「うれー、デーまーさー牛肉やっさー（これは、とても美味しい牛肉だねー）」。

僕「やみ（そうねー）」。

11 フランケンシュタイン

那覇市の久茂地の居酒屋に行った帰りのこと。

道端の側溝の上に、綺麗に着飾った若い女性がうつ伏せで倒れていた。よく見ると、側溝の格子蓋に両手を広げて顔を押しつけたまま意識がない。

その横には、彼氏らしい黒いスーツを着た若い男が突っ立ったままスマホをいじっていた。特に焦っている様子でもなく、また彼女を介抱する様子でもない。ただ時間を持て余しているようだった。

「なんて薄情なんだ」。僕は彼女が哀れでしょうがなかった。たぶん、その女性はパーティーか何かでお酒を飲み過ぎて、帰る途中気分が悪くなって側溝で嘔吐したのだろう。

だけど、今まで何度か公共の場でゲロを吐いた僕からすれば、若いのに人に迷惑をかけずに果てた彼女に感心した。

ただ、起きた時にフランケンシュタインのように格子の痕がくっきり付いた顔に驚くだろう。

12 ボクにもやらせて

お金を下ろしに郵便局に行った。

ATMで暗証番号を打って、次に金額を打とうとした瞬間、突然ATMの縁《ふち》から小さい手が出てきて「9万円」と押した。

えっ、何これ？　貞子？　エクソシスト？　オーメン？

一瞬にして血の気が引いた。

すると、3歳ぐらいの男の子が下から手を伸ばしてランダムにATMのパネルを押している。ちょうど、脚立に立ってぎりぎり届いた屋根裏を掌でまさぐっているような感じだ。
○○ちゃん、そんなことしたらダメよ。
その子のお母さんらしき人が連れ戻しに来た。
お金を下ろしに行ったら、マブヤー（魂）落とした。
お母さん、子供の手はちゃんと握ってないとダメよ。

13 シャレですか？

暑い日にはアイスクリームが一番。その中でも、僕はロッテの「爽」が好きだ。アイスクリームなのにシャリシャリ感がいい。

職場の中にある売店にアイスを買いに行った時のこと。

ショウケースでロッテの「爽」を探すと他のアイスクリームは色々あったが、「爽」だけがゴッソリなかった。

売店のオバちゃんに「爽は無いですか?」と聞くと、オバちゃんが「ソウ」って言った。僕が「それ、シャレですか?」と聞くと、オバちゃん「ソウじゃないです」。僕「あっ、また言った」。オバちゃん「ソウじゃなくて」。僕「あっ、また」。

オバちゃん、完全にツボにはまってしまった。弁解すればするほど他の言葉が出ない。顔を真っ赤にしている。

それにしても、照れてる女性はいくつになっても可愛い。

14 釣りの教訓

僕が釣った魚をリリースするようになったのには、訳がある。

何年か前、熱帯魚みたいな魚を釣った。小さいけれど、４匹釣ったので味噌汁にしようと思って持って帰った。

台所でウロコを取って内臓を出し、ぶつ切りにして味噌汁にした。食べてみると、臭過ぎる。なんだこの匂いは？ さばいている時から生臭いとは思っていたが、煮れば煮るほどこもった蒸気で家中も臭い。

その魚を魚類図鑑とインターネットで調べてみると、沖縄ではトカジャーと言うらしい。10日間臭い匂いが取れないという意味から、その名前が付いたとのこと。

この魚は臭いだけじゃなく、美味しいわけでもなかったので少し食べて捨てた。おまけに、使った鍋は洗っても臭かった。これを置いておくと家中が臭いので、10日間ベランダに出した。

僕はその時悟った。釣った魚は、何でもかんでも持ち帰ってはいけない。

15 台風の夜Ⅰ

5年前のこと。その日天気が悪かったので、僕はいつもよりも早く家に帰ってテレビを見ていた。午後7時から9時までは怖い話を放映していた。

その中でも怖かったのは沖縄の幽霊話だった。

主人公の青年の家に突然色白の暗い感じの女の子が訪ねて来て、神様のお告げでその青年を助けに来たという内容だった。

夜も更けてきたので青年が布団で眠ろうとしたら、突然玄関のドアを叩く音。

その声からして青年の友達らしく、何度も開けてくれと激しく叩いた。

女の子が絶対に開けてはダメと言うので、青年は布団をかぶってジッとしていた。

すると、布団の中からおぞましい姿の幽霊が青年の両足を掴んで、布団の底に広がるあの世に引きずり込もうとした。その時、女の子はあの世に吸い込まれそうになった青年の手を掴み、渾身の力で引きずり出した。

翌日、青年は友達が昨晩交通事故で亡くなったことを知り、青年の両足首にはクッキリと握りしめた手の跡が付いていた。という話で、僕は一人で背筋が凍る思いで見ていた。

そして、その夜。僕の家に……。

16 台風の夜Ⅱ

その夜は台風13号が沖縄本島をかすめ、家の外は強い雨風が吹き荒れていた。
おまけに、テレビでは怖い話を放映していて、僕は不安な夜を過ごしていた。
そして、夜中の12時頃、突然玄関のチャイムが鳴った。
「ピンポーン」誰だろう、こんな夜中に。
玄関ドアの覗き穴から外の様子を覗いて見ると、パサついた長い髪の女が立っていた。
外灯を背にしていて顔がよく見えない。

恐る恐るドアを開けると、１ヶ月前に引っ越したと思っていた隣の奥さんが立っていた。僕は思わずビクッとした。

奥さんが言うには、ベランダの前の電線がガジュマルの枝と擦れて火花が散っているので見てほしいとのこと。ガジュマルが燃えないか、心配だと言う。

それでお互いに自分の部屋のベランダに出て、その方向を見ていた。奥さんは興奮した様子で「ほら、今光った。光った、光った」と言っている。でも、僕には見えなかった。

さらに、「ほら、見て、また光った、ほら！」と異様に連呼している。

だけど、僕には全然見えなかった。

奥さん、もしかして感電したんじゃないの？

17 人助け

何年か前の夜の9時過ぎ、結婚式場「エリスリーナ西原ヒルズガーデン」の近くを通った時のこと。

側溝に前輪の片側のタイヤがはまった軽自動車が止まっていた。その横では、背広を着た田舎風のオジさんが一生懸命落ちたタイヤを出そうと車を持ち上げていた。

僕は「大丈夫ですか？」と声を掛け、一緒に車を持ち上げて側溝からタイヤを出そうとしたが、軽自動車といえどもはまったタイヤはなかなか出なかった。

僕らは互いに並び立ち「セイノッ」と言いながら、何回か同じタイミングで弾みをつけて、やっとの思いで溝から出した。

オジさんは大変感激した様子で「ありがとう、ありがとう」と、何度も礼を言って帰って行った。僕は人助けをして、とても気持ちが良かった。

そういえば、オジさんアルコールの匂いがしてた。

医療関係者かな……。


まあ、いいか。

18 バナナボート

バナナボートに乗ったことはあるだろうか？ 今のバナナボートは刺激が足りない。ただ、水上バイクで大型のロケットがゆらゆらと曳航《えいこう》されているような感じだ。


僕が約30年前に友達と2人で久米島に行った時のこと。

海は綺麗で観光客もいっぱいいいた。沖のほうでは、その当時見慣れない「バナナボート」という乗り物に乗ってはしゃいでいる人たちがいた。

僕たちも興味半分でバナナボートに乗ることにした。

それは5人乗りで、観光客ギャル2人と相乗りになった。

その当時のバナナボートは小さい上に水上バイクではなく、モーターボートで引っ張っていた。なので、全然馬力が違った。

ボートの運転手はわざと蛇行しながら引っ張った。僕らが乗ったバナナボートは、モーターボートが曲線を描いて作った波を飛び跳ねながら進んだ。

まるでトビウオが水面を飛ぶように、激しく波をバウンドしながら走った。

僕らは振り落とされないように、必死で取っ手を掴んでいた。

時々、運転手はわざと大きく舵《かじ》を切って落としにかかった。

僕らはたまらず、悲鳴を上げながら、そして互いにぶつかりながら海に投げ出された。

その落ちる瞬間は何とも言えない刺激と興奮に包まれた。

海に落ちたらお互いに手を掴んでバナナボートに引き上げ、また落ちたら引き上げと、同じことが何度も繰り返された。

相乗りのギャルたちとは、まるで一緒に旅行に来たかのように意気投合した。僕は海に落ちただけじゃなく、恋にも落ちてしまっていた。

その日の夜、僕のバナナボートは爆発寸前だった。

19 新採用

最近、「ちゃんと毛を剃れよ！」と言いたいことがあった。

那覇市内の食堂に行った時のこと。そこの食堂は、安くて、ボリュームがあって、美味しかった。なので、時々そこに行っていた。

久しぶりにその食堂に行って、煮付け定食を注文した。程なくして、浅黒い外国人風のノースリーブの可愛らしい女の子が料理を持って来た。ネパールから来たという。

まず、大根を食べた。煮付けなのに弾力があって、たくあんのように硬く、味も染みていない。次に、ソーキを食べた。これも硬くて脂身が多く、あまり肉が付いてない。

「いつもの味と違う」。厨房を見ると、ネパール人らしい青年が料理をしていた。

次に、テビチ（豚足）を食べた。何回か噛んだら、ジャリジャリと口の中で違和感がする。構わず食べていると、口の中が細断された釣り糸みたいな物でいっぱいになった。

吐き出してみると、「こ、これは豚の毛じゃないか」

「おい、もっとよく剃れよ！」。

20 求人難

この間新聞を読んでいたら、県内の失業率が改善しているとのこと。

だけど、必ずしもやりたい仕事に就けているわけでもない。

一方、雇う側は働き手の確保に苦慮しているらしい。
記事を読み進めていると、偶然にも前回の食堂の店長の談話が載っていた。

人手がなく、あと厨房に2人、ホールにも2人雇いたいが働き手が来ないのだという。
店長もやりくりに苦労していたんだ。

だけど、仕事の質を落としてはいけない。
食堂は味が一番、食材も悪いのを使ってはいけない。
ちゃんと社員教育をしないと今までの味が保てない。

そうしないと、だんだんお客さんが来なくなる。
今は大変だと思うが、店長には頑張ってほしい。

僕がいつまでも来れるように。

21 秘密基地Ⅰ

小学校5年生の時、4〜5人で裏山に秘密基地を作っていた。そこは灌木《かんぼく》やススキが入り混じった粘土質の小高い山で、僕らはショベルで防空壕みたいな横穴を掘っていた。

1メートルぐらい掘り進んだところで、僕は穴の入口の上に生えてるススキに蜂の巣があるのを見つけた。

「あっ、蜂の巣がある！」と言うと、一緒にいたカー坊が木の棒を持って蜂の巣を落としにかかった。カー坊は僕の一つ年上で、ウーマクー（やんちゃ）で、とても頼りになる先輩だった。

僕らは遠巻きにカー坊の奮闘を見ていた。カー坊が何度も棒で蜂の巣を叩いているので、蜂が興奮して飛び回っていた。カー坊はそれにも構わず蜂と戦っていた。

しばらくして蜂の巣は落ち、カー坊が勝ち誇った顔で僕らのところに来た。よく見ると、カー坊は至るところを刺されていたが、痛がりもせず平気だった。やはりカー坊は頼りになる凄い男だと感心した。

その日は、まだ蜂も飛び回っていてこれ以上穴が掘れないので、僕らは家に帰った。

翌日、学校でカー坊に会って、僕らは驚いた。目が腫れ上がって、殆ど目が開いていない。まるで、ボクシングの試合後のロッキーや輪島功一みたいになっていた。

カー坊、我慢強いのは分かるけど、学校休んだらいいのに。

22 秘密基地Ⅱ

前回の秘密基地の話にはまだ続きがある。

僕らはその後も学校の休みの度に穴を掘りに行った。一人ずつ交代でショベルで穴を掘り、もう一人はバケツに土を入れて外に撒いた。残りのメンバーは外で休憩した。

みんな家からお菓子を持って来ていて、休憩の番にはお菓子を食べながら遊んだ。

穴掘りは大変だったけど楽しかった。

穴は真っ直ぐに掘り進むと外から見えるので、2メートルくらい進んで左に曲げてさらに掘った。そして、いよいよ完成間近となった。

次の週末、僕らは仕上げの穴掘りに行った。すると、穴の中に大きな野犬がいるではないか。僕らが中を覗き込むと「ヴー」、「ヴー」と牙を剥いて威嚇している。今にも飛びかかりそうだった。

頼りのカー坊は蜂に刺されて以来、来なくなっていた。

もはや、僕らの中には野犬と戦う強者はいない。

残念ながら、楽しみにしていた秘密基地を野犬に乗っ取られて、僕らは泣く泣く帰った。

結局、僕らは一生懸命頑張って犬小屋を掘っていたんだ。

その時の落胆は、子供ながらに大きかった。

だけど、大人になった今、色々な理不尽なことがあっても耐えられるようになった。

いい経験をした。

23 動物の序列判断

僕らが前回、苦労して作った秘密基地をあっさり明け渡したのには訳がある。

小学校の低学年の頃、友達の家の前で遊んでいた時のこと。

小屋にいるはずの道向かいの家の大きなシェパード犬が、僕らが遊んでいた道路に飛び出してきた。そして、吠えながら僕らに襲いかかってきた。

僕らは悲鳴を上げながらブロック塀によじ登った。ところが、一つ下の僕の弟は逃げる途中で転んでしまった。もう僕らは弟がシェパード犬に咬まれるのを覚悟した。

その時、騒ぎを聞き付けた友達のお母さんが、竹ぼうきで追っ払ってくれた。

弟も僕らも大事に至らず、ほんとに命拾いをした。

また、幼稚園の年長の時。

近くの家から逃げたヤギが道端の草を食べていた。

僕は30メートルくらい離れたところからヤギに小石を投げて遊んでいたら、怒ったヤギが僕に向かって突進してきた。僕は怖くなって全速力で家に向かって逃げた。

ヤギは角を振りながら物凄い勢いで追いかけてきた。

僕は悲鳴を上げながら家の台所に飛び込んだ。

その時、家でくつろいでいたオジー（祖父）が、玄関まで入って来たヤギの大きな角を掴んでその場にねじ伏せた。僕は間一髪難を逃れたが、近くで見ると僕よりも大きい雄ヤギだった。こんなヤギの大きな角で跳ね飛ばされるのを想像するとゾッとした。

動物は大人と子供の違いをよく区別している。そして、自分より弱い相手を本能的に察知している。もしかすると、子供をバカにしているのかもしれない。

ヤツらをあなどってはいけない！

24 道を逸れるな！

給油所に行った時のこと。

土曜日の昼過ぎ、僕は家の近くのセルフ給油所でガソリンを入れていた。

すると、いきなり「パーン」と大きな乾いた音がした。振り返ると、道路側から1台の乗用車が給油所に入って来ようとしている。ハンドルを早く切り過ぎたらしく、縁石に乗り上げてからヨタヨタと僕の後ろの給油スタンドに車を付けた。

その車をよく見ると、前の左側のタイヤがパンクしている。

車から降りて来たオジさんが、肩を落としてペシャンコになったタイヤを見つめていた。

それから、オジさんは給油所のお兄さんとタイヤ交換の話をしているようだった。そのあと僕の後ろで給油を始めたが、オジさんは何度もため息をついて、その姿は何とも言えない哀愁が漂っていた。

僕は思った。人は道を逸れてはいけない。
不運な運命が待っている。

25 ピンピンコロリ

11月に入ってようやく涼しくなった。それにしても、この夏は長かった。

今年の7月のこと。
僕の職場のエアコンは、設置してからもう35年にもなる。床置きの古いタイプだ。
このエアコンは冷えが悪くなってきたので、買い替えることになった。
沖縄仕様で防錆処理をするので、納期に1ヶ月かかるという。
このエアコンは次の機種が来るまで、老体ながらも僕らを一生懸命冷やしてくれた。

そして、納期を迎える4日前の木曜日、いつものようにエアコンを使っていると、突然室外機のほうで「バーン」と大音量で何かが爆発した。

僕らはびっくりしてベランダを見ると、室外機が膨張していて、中のコンプレッサーか何かが爆発した様子。室外機の周りには中のゴミや埃が散乱していた。

このエアコンは本当に長い間、よく働いてくれた。
その間、一度も故障したことはなかった。
そして、最後は華々しく散って逝った。

僕もそういう人生を送りたい。

26 田舎者

2年前、2泊3日でインドネシアのスラバヤに行った。沖縄→台湾→シンガポール→スラバヤの乗り継ぎで片道12時間の長旅だった。着いた時にはもう夜の10時を過ぎていた。

スラバヤはインドネシア第2の都市で、沖縄の梅雨のように湿気が多く暑かった。人が多く、車は日本と同じ左側通行だった。

食事はスパイシーなものが多く、辛かったが美味しかった。果物も色々と豊富で美味しかった。現地の人は宗教上お酒は飲めないが、外国人の僕らは構わず飲んだ。

今回は仕事で行ったので観光は一切しなかった。2日目に仕事を終えると、3日目の朝にはスラバヤを離陸した。

帰りの飛行機では、僕の隣にインドネシア人らしい20代前半の女の子が乗っていた。しばらくして機内食が出てきた。魚とライス、サラダ、果物、水だった。

水はプリンみたいな容器に入っていて、同じようにシールされていた。シールを剥がそうとして、ノリシロみたいなところをつまんで引き上げても全然開かない。何回やってもノリシロの幅が小さく、うまく掴めない。今度はノリシロにかぶりついて開けようとしたが、シールがちぎれるだけで全然開かなかった。

仕方がないので、機内食用のプラスチックのナイフで、スーパーで売っているパック詰めの豆腐を開けるように、容器の内側に思い切りナイフを突き刺した。すると、水が吹き出してランチが水浸しになってしまった。水を飲むのにこんなに悪戦苦闘したことはない。

しばらくして、隣の女の子が軽快にストローを容器に突き刺して、涼しい顔で水を飲んだ。

「そうか！　そうやって飲むんだ」。僕は、なんて田舎者なんだと恥ずかしかった。

飛行機がシンガポールに到着して、隣の女の子はニコッと笑って「Bye Bye」と言って席を立っていった。

ちょっと救われた気がした。

27 浸水

インドネシアに行ったおかげで、翌週忙しかった。

この日は、午後までに片付けないといけない仕事があったので、朝からコーヒーも飲まずに忙しくしていた。

突然、2つ隣の部署の女性が「大変です。男子トイレの便器が詰まって、水浸しになっています」と駆け込んできた。

僕は、「こんなクソ忙しい時に、クソ水の浸水かよ」とつぶやいた。

廊下に出ると目を疑った。廊下中が水浸しになっている。慌てて手袋をはめて、チリ取りとバケツを持って溜まった水をすくい取った。

女性の部署の人たちは既に作業にかかっていた。僕らは一生懸命水をすくっては何度も作業場の流しに捨てに行った。ただ、この非常事態に一生懸命作業している人と、手伝わずに通り過ぎる人、傍観している人がいた。

その日僕は、日頃から付き合っている人たちの人間性を見たような気がした。

28 職務怠慢

昨年の7月末に仕事用のノートパソコンを買った。仕事でパソコンを使うには、日頃使う必要のある色々なソフトをインストールしないといけない。

プリンター、ウイルススキャン、画像編集、統計などの有料ソフトやインターネットからの色々な無料ソフトなどのインストールが必要だ。僕は、現場作業の合間にこれらのソフトを数日かけて入れて、やっと事務処理ができる状態にした。

何日か経った頃、パソコンのエスケープキー「ESC」がぐらついていることに気付いた。よく確認すると、ESCキーが取れるではないか。このキーはあまり使わないので、それが不良品であることが分からなかった。

僕は具合が悪いのはESCキーだけなので、このキーを取り替えるだけで済むと思っていた。しかし、購入した電気店に持って行くと、キーボードの基盤ごと替えないといけないという。それも、本土のメーカーに送るので、2週間かかるという。

このパソコンがないと仕事に支障が出るが、泣く泣く修理に出した。そして、2週間後電気店から電話があって、修理部品がないので一旦返すと言う。「えぇー、僕のこの2週間の不便な日々は一体何だったんだ。部品がないなら送るな！」久しぶりに憤慨した。

パソコンはそのまま返って来たが、何日経っても再修理の連絡が来ない。僕のパソコンは直してくれるのだろうか。この間、ぐらついたESCキーのまま使っていた。

その1年半後、電気店から修理の電話があった。連絡するのを忘れていたのだという。「何なんだ、この怠慢は！」、ホント呆れる。

29 大失敗

この間、子供の頃から親しくしている親戚のお葬式があった。火葬場が混んでいるらしく、家に朝7時集合で8時に出棺だった。

なので、5時半に起きて準備をしていたら、この日に限って下痢になった。

お葬式の途中で、もよおしたらいけないと思って、遅刻ギリギリまでトイレに座っていた。

そして大慌てで喪服に着替え、家を飛び出した。

なんとか時間に間に合い、出棺、火葬、収骨、お葬式、納骨を終えて、自分の家に着いた時には夜の9時になっていた。

洗面所で手を洗い、うがいをして鏡を見て驚いた。白いワイシャツから中のTシャツがバッチリ透けている。それは職場に来たラオス人からお土産で貰ったTシャツだった。

そのTシャツは前面いっぱいに赤と青と白のラオスの国旗がプリントされたド派手なものだった。なので、日頃パジャマにしていた。今朝は慌てていたので、肌着に着替えるのを忘れてそのままワイシャツを着たらしい。

その日は納骨を終えて親戚の家に戻った時には、暑かったので上着を脱いでいた。

しかも、仏壇の前で喪主の伯母さんと従兄弟たちと長い間、話をしていた。

伯母さんたちは、ずっと僕を見ていて何と思っただろう。こんな時に派手なTシャツを着て、なんて常識の無い人なんだと思っていたのではないだろうか。

今更、伯母さんたちに言い訳もできない。大失敗をした。

そして、故人にも申し訳ないことをした。

30 勘違い

実家に行ったら、仏間がいつもより明るい。よく見ると、電灯が新しくなっていた。

僕が「蛍光灯替えたんだね」と言うと、オトーが「うれー、デーダカーやたんどー（これは高かったんだよ）」。「ミーんヒチャラナイすれー（眩しいでしょう）」と言った。

僕は、ここ何年も蛍光灯を買ったことはないけど、確かに明るい。

オトーが、さらに「うれーＮＴＴの蛍光灯やくとぅ、上等どぉ（これはＮＴＴの蛍光灯だから、上等だよ）」。「ＮＴＴぬ蛍光灯や長持ちすんでぃ（ＮＴＴの蛍光灯は長持ちするって）」。

オトーは、やけにこの電灯を褒めちぎっている。

そして、僕はだんだん状況が分かってきた。

オトー、これはＮＴＴじゃなくて、ＬＥＤでしょ！

31 年の瀬のゴリラ

月日が経つのも早いもので、今年も残すところあと僅かとなった。那覇市の久茂地に飲みに行った時のこと。

居酒屋で一次会が終わり、次の店に行こうと歩いていたら、突然大きな声で「ワー」と叫びながら、近くの居酒屋から30代ぐらいの兄ちゃんが素っ裸で飛び出してきた。

兄ちゃんはパンツも靴も何も履いていなかった。

そして、訳の分からないことを言いながら、その居酒屋の生け垣を両手で掴んで激しく揺らしていた。

慌てて店の女性の店員さんが止めに入ったが、構わず素っ裸で叫びながら、生け垣を揺らしていた。その光景は、まるでゴリラが興奮して激しく木を揺らしているようだった。

この年の瀬に何があったのか知らないけれど、みんな悩みを抱えているんだね。

32 喜劇の女王

早いもので、今年もあと1日になった。

居酒屋で飲んでいたら、隣の席には本土からの観光客らしい男女が話をしていた。

女「ここのテレビCMでオバさんが、よろしく御座います。って言ってるけど、文法的におかしいよね」。

男「そうだよね、変だよね。沖縄では普通なのかな」。

僕は思った。馬鹿じゃないの！　何言ってるの？　それって、あの喜劇の女王、仲田幸子のことじゃないか。しかも、これはサチコー自慢の持ちギャグじゃないか！

そんなことを言うなら、今年の流行語大賞は「神ってる」じゃなかったか。「神懸かってる」の略語らしいけど、これも文法的におかしいじゃないか！

第一、沖縄で「カミってる」って言ったら、「頭に物を載せてる」って意味だから、全然おかしいじゃないか！

だけど、一番おかしいのはサチコーの年齢だ。彼女は僕が子供の時から樹木希林みたいにオバー（おばあさん）役をやっていたが、今もあの時と全く変わらない。

サチコー、一体いくつなんだ！

33 計算違い

正月は毎年多くの親戚が集まって賑やかだ。

僕のオトーは長男なので、３人の弟たち家族が集まり総勢40人ぐらいになる。

オトーは80歳近くになるので正月の準備は僕が仕切っているが、昨年末に次男叔父さんがオトーに「今度の正月からは自分の家でやるから」と言っていたらしい。

なので、三男と四男家族は来ることを予想して今年は例年の7割程度の料理を準備した。オードブル大が２つ、重箱１つ、中身汁30人分、田芋リンガク、刺し身、突出し等を準備して待っていた。

だけど、夕方になってもお客さんが殆ど来ない。来たのは僕の弟の家族だけで、結局６人だけだった。来るかもしれないと思った三男と四男の家族も来なかった。四男夫婦は来たが、自分の家でご飯を済まして夜の9時を過ぎてからだった。

なので、30人分の料理を6人で食べるはめになった。とても食べきれなかったので、来た家族で分けて持って帰った。そのおかげで僕は正月が終わってから6日間、毎日中身汁を食べ続けた。オードブルと田芋リンガクも毎日食べているが、まだ残っている。いい加減、正月料理に飽きてきた。

物事の予測はちゃんと立てないといけない。
今年は、先見の明を持って行動しようと思う。

34 知らぬが仏

正月三日に一人寂しく初詣に行った。

一年の願掛けをし、おみくじを引いて帰りがけに屋台を見ていたら、大判焼きを売っていた。それは美味しそうにカウンターの上に積まれていた。

1パック4個入りのもので、オトーへの手みやげにと思って屋台のオバちゃんに声を掛けたら、小豆あんとクリームあんがあるらしい。

僕が「それぞれ2個ずつでもいいですか？」と聞くと、オバちゃんは「いいですよ」と言って、大判焼き機の前に立っていたもう一人のお姉さんに声を掛けた。

そしたら、お姉さんはカウンターの下からそっと業務用の袋を取り出し、その中から大判焼きを取って大判焼き機の型にはめて温めた。

僕は「えー、自分で焼いているんじゃないの？」と思いつつ、見なかったふりをした。美味しそうと思った分、幻滅した。

人生、何事も知らないほうがいいこともある。

35 車椅子攻撃

大阪に住んでいた時のこと。

近くのスーパーに夕飯のおかずを買いに行った。

鮮魚コーナーでお刺身を見ていたら、突然、両足のアキレス腱に何かが激しく衝突した。その弾みで僕は一旦のけ反った後、刺身の陳列棚に顔を突っ伏した。

「痛った、誰だ！」と思って後ろを振り返ると、ヘッドギアをかぶった20代ぐらいの青年が電動車椅子で僕の足首をグイグイ押していた。その青年はパニクって頭と両手首をグルグルと回しながら身もだえているだけで、バックできない。

その間、電動車椅子が前進しながらフットレスト（足台）でアキレス腱をずっと押し続けているので、痛くてたまらない。

僕は身をよじりながら車椅子を押して、やっとの思いでショウケースと車椅子に挟まれた両足を抜いた。

僕が車椅子を方向転換させると、この青年は何も言わず去って行った。身障者には何も文句は言えないけれど、僕もアキレス腱が切れて身障者になるところだった。

何時も背後には気を付けなければいけない。

36 クラス会

今日、馴染みの床屋に散髪に行った。

店員は5人ぐらいいるけれど、散髪椅子に座ると「いつもの髪型で」と言っただけで切ってくれる。

髪を切っている時はいつも目を閉じている。いつもはテレビがついているほうが多いが、今日は有線が流れていた。曲は全部、昭和の唄だった。

アリスの〝遠くで汽笛を聞きながら〟。町田義人の〝戦士の休息〟。中村雅俊の〝ふれあい〟。因幡晃の〝わかって下さい〟。チャゲアスの〝ひとり咲き〟。

どれも懐かしいものばかり。目を閉じているので、若い時に戻ったような感じになった。

みんなどうしているだろう。

今日は高校3年生の時のクラス会だ。

さあ、行くか！

37 犯人はオジーだ

僕たち家族は子供の頃、オジーたちと住んでいた。

オジーは鶏肉が好きで、時々廃鶏を買って自分で潰して食べていた。

首を落とし、お湯をかけ、羽をむしり、腹を割いて手際良くさばいていった。円盤状の内臓を指して「ウレー砂肝やさ（これが砂肝だよ）」。小さい黄身を指して「ウレー卵にないさ（これが卵になるんだ）」。いつも隣で見ている僕に、自慢げに説明してくれた。

オジーは、いつもぶつ切りにした鶏と大根と昆布を鍋に入れて、グツグツ煮込んで鶏汁にしていた。食べる時にはお酢を入れて白く濁った汁を美味しそうに飲んでいた。

小学校4年の時、僕はお祭りでヒヨコを買った。毎日エサをあげて、スクスク育った。

いつもピヨピヨと鳴くので、名前をチヨとつけた。

チヨは僕が遊びに行くといつも後を付いてきた。チヨは僕の友達だった。

ある日、学校から帰ってきたらチヨがいない。鶏小屋からいなくなっていた。

どこを探してもチヨの姿は見当たらなかった。

僕は寂しくてしょうがなかった。でも僕には見当がついていた。

きっとオジーが食べたに違いない。

いつも廃鶏を美味しそうに食べていたオジーが、丸々と太った若鶏のチヨを見逃すはずがない。オジーを問い詰めたが、食べてないという。

オジーは100歳近くで亡くなったけれど、オジーへの疑いはまだ晴れていない。

38 棚から牡丹餅

パソコンのプリンターが故障した。

買ってまだ2年も経たないのに、またか。去年のＥＳＣキーの壊れたパソコンもまだ直ってないのに。ツイてないなと思いつつ修理に出した。

1週間が経って、電気店から電話がかかってきた。受け取りに行ったら、なぜか包装箱に入って返ってきた。

僕が「修理に出した時には箱に入れてなかったんだけど」と言うと、「部品が無いので、本体を交換しました」とのこと。僕が「え？」と途惑っていると、「新品をお返しします」。「メーカーの保証期間は1年ですが、当店の保証期間は5年ですから」とのこと。

人生、悪いことばかりじゃない。思いもよらない良いこともある。

僕は帰りの車の中で小さくガッツポーズを取った。

39 バレンタインデー

バレンタインデーはいつも憂鬱だ。

毎年、職場の若者たちは仕事が終わると着飾って早々と引き揚げて行く。だけど、僕はいつも遅くまで残業していることが多い。こんな日の夜はシーンとして切ない気分になる。

かといって飲みに行っても侘しい。バレンタインデーやクリスマスの飲み屋さんはいつもよりも客が少ない。彼女のいない兄ちゃんや家に居場所のないオジさんがポツリポツリとカウンターに座って、あまり弾まない話をしているだけだ。

カラオケもなぜか失恋ソングや山下達郎や槇原敬之のひとりぼっちのクリスマスの歌を唄ってしまう。そうなると益々寂しさが増してくる。

なので、僕はそういうイベントの日には飲みに行かないようにしている。

だけどこの間、本土の知り合いから「2月14日に出張で沖縄に行くから飲みに行かないか」とメールが入った。でも、この人とは日頃あまり付き合いがなかったので、なぜ僕を誘ったのか分からなかった。きっと他に沖縄に知り合いがいないので夜の街を案内してほしかったのだろう。僕は「バレンタインデーの日か」と気が進まなかったが、折角沖縄に来るというので付き合うことにした。

飲み屋の場所は那覇市内の一番の繁華街の松山にセッティングした。そこに到着すると、案の定いつも賑わっている街が閑散としていた。至るところキャッチだらけでタクシーから降りてきた客は、まるで餓えたハイエナに囲まれた小鹿のようになっていた。

待ち合わせをして、一緒に予約したバーに入ると3名の観光客らしき客がいるだけだったが、その客はすぐに帰って行った。僕らはお酒を頼んでしばらく世間話をしていたが、一緒に仕事をしたことがあるわけでもないので話が弾まなかった。

ママが「これバレンタインプレゼント」と言って小さな袋に入ったチョコをくれた。すると、知り合いは「えっ、今日はバレンタインデーなの?」と言った。僕はこの時「どうりで、今日がバレンタインデーとも知らない疎い人なので僕を飲みに誘ったわけだ」と悟った。

折角本土から来たのでもう一軒飲みに行ったが、その店にはカウンターに客が1人いるだけで、僕らが来るとすぐに帰って行った。客は僕らだけになったので、店中の女の子が僕らに貼りついて「シャンパン飲んでいい？　カクテル飲んでいい？」とせがまれ、結局飲み代が高くついてしまった。


やっぱり、バレンタインデーには飲みに行くもんじゃない。

僕はもらい事故に遭った気分で家路に就いた。

40 うっぷん晴らし

中学生が同級生をいじめたり、集団で暴行したり、その様子をＳＮＳに投稿したことなどが時々ニュースで流れることがある。

大体そういう事件は小学生ではなく、高校生でもなく、中学生であることが多い。

長い人生の中で、物事の分別があまりつかない中学生の時期に、悪い心が宿りやすいのだろう。

僕が中学生の時はバスケ部に入っていた。

その当時、土曜日は午前中授業で午後は夕方まで部活の時間だった。

僕はいつも土曜日になると憂鬱だった。バスケ部には不良みたいな先輩が多くいたからだ。

土曜日の度に、学校から離れたさとうきび畑までランニングさせられた。

さとうきび畑に着くと、僕ら下級生は一列に並ばされた。気合が足りないとか、ダラダラしているとか理由をつけて、先輩たちは一人一人、僕らのお腹にパンチを浴びせた。

先輩たちは笑いながら、時にはタバコをくわえながら、一人一人みぞおちにアッパーパンチを打ち込んでいった。

先輩たちは日頃のうっぷんを、僕らを殴ることで晴らしているような気がした。人を殴るのが大好きだった。僕らは吐きそうになりながらも、その蛮行が過ぎ去るのをひたすら待つだけだった。

時が過ぎて、この間スナックで飲んでいたら、偶然にもバスケ部の先輩に会った。

僕が、「バスケ部の時はよく殴られましたね」と言うと、先輩は「やてぃー（そうだったっけ?）」と言った。


大人になって、先輩はとぼけるのがうまくなっていた。

41 ブーメラン

今週の日曜日に健康関連のイベントがあった。僕はそのスタッフとして参加した。

その日は朝から物凄い土砂降りだった。主催者側から、今日は雨が降っているので、車で来たスタッフは来客者のために、奥のほうの駐車場に車を止めてほしいとのことだった。

なので、僕は車を移動しに玄関に向かった。

傘立で自分の傘を探していたら、置いたはずのお気に入りの傘がない。

周りを見ると、知り合いが僕の傘をさしていた。

僕が「これは僕の傘じゃない？」と言うと、知り合いは「すまん、すまん」と言って傘を僕に返し、自分の傘を取って車を移動しに行った。

僕はこの雨なので、また他の人に傘を持って行かれるような気がした。それで車を移動した時に、今度は雨の日の帰りにスナックのママから貰ったボロ傘で会場に向かった。

イベントが終わり、さっきの知り合いと一緒に玄関に行くと、知り合いが自分の傘がないという。「あの傘は高かったのにな－」とぼやいていた。

それで、知り合いは似たような他の傘を物色し始めた。僕は負の連鎖は見たくないので、「じぁ」と言って、ママに貰ったボロ傘を手にその場を後にした。

何事も、自分が人にやったことは、やがて自分に返ってくる。

42 沈黙

トイレにいる時、みんなはどうしているだろうか。

特にウンコをしている時には、僕はいつもジッと息を殺して悟られないようにしている。

それは、小学校の時に学校のトイレでウンコをしていて、同級生に上から水をかけられたからではない。きっと、その時は無防備なので、自己防衛で気配を消したくなるのだろう。

何年か前、僕は職場のトイレで夜にウンコをしていた。誰か入ってきたので、その人のオシッコが終わるのをジッと息を殺して待っていた。

気付かれていない様子、僕は安心していた。ところが、そいつは電気を消して出て行った。

なんなんだ！　真っ暗で何も見えない。これじぁ、まともにお尻も拭けんじゃないか。

おい、電気つけろ！　バカヤロー。

43 余計な一言

職場の20代前半の女性が、僕のところに仕事関係の報告に来た。部屋のドア越しで立ち話をしていて、僕は彼女の話を聞きながらずっと気になっていることがあった。彼女のほっぺに何か黒い物が付いている。それが何なのか、気になってしょうがなかった。

ひとしきり報告が終わったので、僕は彼女にそれを教えてあげようと思って言った。「ほっぺに何か黒いのが付いているよ」。

彼女は「どこですか?」と言って自分のほっぺを擦った。僕が「そこ」と指さすと、彼女は「これはホクロです!」。

僕は余計なことを言ってしまったと動揺した。そして、「え? そんなところにホクロあったっけ?」と取り繕った。

彼女は「前からあります」と言ったので、僕はさらに動揺して「日頃、化粧濃いから分からなかったのね」と、つい言ってしまった。

そしたら、彼女は「違います！」とムッとした。

やってしまった。また余計なことを言ってしまった。

僕は、思ったことをつい言ってしまうクセがある。それは、時にはジョークとして人を笑わせることもあるが、知らないうちに人を傷付けてしまうこともある。

言動には気を付けなければいけない。

44 挟まれる！

那覇市近郊の西原町の〝エリスリーナ西原ヒルズガーデン〟という結婚式場で職場の退職記念パーティーがあった。

その日は、ちょうど東京への出張から帰って来る日と日程が重なっていた。パーティーの開始が18時30分で、東京からの飛行機の到着時刻が18時だった。どんなに急いでも30分は遅れると踏んでいた。

その日に限って飛行機の到着が30分遅れた。僕は焦っていた。どうしたら早く会場に行けるだろうか。モノレールに乗って、首里駅で降りてタクシーに乗り換えるか、または最初からタクシーで行くか迷っていた。

結局、後者を選択し那覇東バイパスを通って一日橋の上間交差点経由で首里に上り、西原に行こうと決めた。空港で60歳ぐらいの人が運転する個人タクシーを拾い、上間交差点で信号待ちをしていた。

すると、突然エンジンが止まってしまった。運転手が慌ててエンジンを掛けようとするが、ウンともスンとも何の反応も無い。運転手が「何年もこの車に乗ってて初めてです。路肩に止めたいので押してくれませんか」と言う。僕はスーツの上着を脱いでタクシーの後ろに回った。

ところが運転手は自分は降りることなく、ドカッと運転席に座って、押してくれと言う。仕方がないので、一人全力で車を押していたが、全然前に進まない。それどころか、少し上り坂になっていて、どんどん流されてバックしていく。

僕は慌てて車のトランクを激しく叩いた。「挟まれる！ 挟まれる！」たまらず大声を上げた。

信号待ちの後ろの車と挟まれそうになった。

気付いた運転手がブレーキを掛けて、すんでのところで車が止まった。

今度は運転手も外に出て、ハンドルを掴みながら押して、やっとのことで路肩に寄せた。タクシーを拾って、まさかその車に挟まれそうになるとは夢にも思わなかった。

運転手はとりあえず僕にお詫びをして、料金は要らないと言う。僕は心の中で「当たり前だ！」と思いつつ、「そうですか」と言ってそこを後にした。

それから、上間交差点まで歩いて行ってタクシーを探していたが、夕方の忙しい時でなかなか捕まらなかった。結局、次のタクシーを拾うまで30分かかり、パーティー会場に着いた時には、みんな記念写真を撮ろうと舞台に並んでいた。

退職者に顔を見せることはできたが、疲れた。会費だけ払って何も食べなかった。散々な一日だった。

45 紛らわしい恰好

だんだん春めいてきたが、僕は寒い時には職場では水色の作業着を着ている。災害があった時などに大臣が視察に着ていくやつだ。これは、前の職場で支給されたものだが、動きやすくて服も汚れず結構いい。

病院の食堂で、その上着を着て昼食を食べていた時のこと。

その日は結構混んでいた。一人で食べていると、ウエイトレスが「相席いいですか？」と言ってきた。見ると、60歳くらいの品のいい病院の医者らしい人が立っていた。僕が「どうぞ」と言うと、向かいに座った。

しばらく、互いに何も言わずに食べていたが、食べ終わった先生が僕に言った。「いつもお掃除大変でしょう？」

僕は突然でエッとなったが、すぐに状況が飲み込めた。この病院の掃除の人たちは、僕と同じ色の作業着を着ている。

僕は「あぁ、これですか」と言って事情を説明すると、気まずそうに「すみません。クリーニングの方かと思ってしまいました」と言った。たぶん、先生は場を持たそうと話しかけてくれたと思う。余計な気を遣わしてしまった。

他人から見たら、僕はただの掃除のおじさんにしか見えないのだろう。いや、ある意味似合っているのかもしれない。そういえば、病院の廊下ですれ違いざまに知らない掃除の兄ちゃんに挨拶されたこともあった。

何事も紛らわしいことをしてはいけない。

46 少女よ、そのうち分かる

沖縄ローカルのスーパー「サンエー」に買い物に行った時のこと。

下りのエスカレーターに乗っていると、1Fの旅行社のテナントに20代後半の女性と5～6歳ぐらいの女の子、そしてその女性の妹と思われる20代中頃の女性が座っているのが見えた。

話が済んだらしく、3人が立ち上がった。すると、女の子が「あっ、お尻」と妹の女性に叫んだ。

よく見ると、その女性の白いズボンのお尻が真っ赤になっている。女性は「あっ」と叫んで、慌てて小さいバッグでお尻を押さえてトイレのほうに走り出した。

女の子は「どうしたの？　どうしたの？」と叫びながら女性の後を追いかけた。女性は「なんでもない、なんでもない」と言いながら、女の子を振り払って走って行った。

少女よ。そのうち毎月君も思い知るようになる。

今は気にしなくていい。

ところで、あの女性は真っ赤なズボンでどうやって帰ったのだろう。

気になる。

47 頑張って生きている

家の近くのスーパーには、1ヶ月程前から70歳ぐらいの女性がレジに立っている。

その女性はレジの仕事が初めてらしく、レジを打つのがかなり遅い。

若い人の立つレジに3倍ぐらいの客が並んでいても、まだそのレジを通ったほうが早く終わる。だけど、僕は気長にその女性のレジに並ぶこともあった。

昨日、スーパーに行ったら、その女性もレジに立っていた。でも、客と揉めているようだった。客は60歳ぐらいのオバさんで、一方的に攻撃しているようだった。レジの女性はただ黙ってうつむいて聞いていた。

その光景は、まるでクレーマーオバさんにお年寄りがいじめられているようにさえ思えた。どんなにひどいことを言われても耐えている。その歳になっても働かないといけない理由があるのだろう。

人それぞれ、頑張って生きているんだよね。

48 ラーメン屋のおばーちゃんI

那覇市内には栄町という面白い地域がある。昼は市場で夜になると飲み屋街になる。

屋台村や横丁のように色々なお店があって、アーケードの路上にも張り出しているので活気がある。また、値段も安いので気軽に飲める。なので、地元の人だけじゃなく、本土や中国、台湾からのお客さんも多い。

僕の場合はそこの飲み屋に行くのが目的ではなく、次のスナックに行く前の腹ごしらえの場所だった。

僕のお気に入りのスナックは、もう閉店してしまったけれど、その頃は帰る時に小腹が空いていると、沖縄そばを食べて帰ることがあった。

本当は、飲んだ帰りはそばではなくラーメンを食べたかった。だけど、栄町にはおばーちゃんが一人でやっているラーメン屋が1軒あるだけだった。

そこでラーメンを頼むと、おばーちゃんは「どれだけ煮込むの？」と思うぐらい、何分もグツグツ煮込んでいた。殺菌しているのか、時間の感覚がないのか、僕には理解できなかった。

なので、超伸びきったラーメンで、お世辞にも美味しいとは思わなかった。

足元もおぼつかないおばーちゃんが一生懸命作ったラーメンには、文句がつけられるはずもなかった。帰るときは、僕は決まって「ごちそうさま、美味しかった」と言って店を出た。

今も、あのおばーちゃんは店を開けているのだろうか。

49 ラーメン屋のおばーちゃんⅡ

栄町のラーメン屋のおばーちゃんの話にはまだ続きがある。

飲んだ帰り、久々にあのラーメン屋に行った。相変わらず、あのヨタヨタしたおばーちゃんが一人でやっていた。

僕の他に既に一人お客さんがカウンターでラーメンを食べていた。その客は沖縄では珍しく、スネまである長いコートを着たインテリ風なおじさんだった。

僕は、味噌ラーメンとギョウザを注文した。しばらく待っていると、やっぱりあの伸びきったラーメンが出てきた。僕がラーメンを食べていると、コートのおじさんは食べ終わったらしく、店を出ようとしていた。

すると、おばーちゃんが「ちょっと、まだ代金貰ってないよ」と大きな声で言った。コートのおじさんは酔っているらしく、「払った」と言っている。

おばーちゃんは、今度はもっと大きな声で「まだ貰ってないよ！」と凄んだ。あのヨタヨタしたおばーちゃんが、こんな大きな声が出るんだと僕は驚いた。コートのおじさんも我に返ったように代金を払い、スゴスゴと帰って行った。

か弱いおばーちゃんだと思っていたのに、伊達に酔っ払い相手に何年も店をやってきたんじゃないんだ。

女は強し。

50 クレーマー

オトーと二人でイオン南風原店にガスコンロを買いに行った時のこと。テナントの電気店を回って、気に入ったガスコンロがあった。値段は２４，０００円になっていた。

オトーが「高《たか》さっサー、安《やす》めてくれるかねー（高いねー、安くしてくれるかねー）」と言ったので、僕は安くしてくれるかどうか、近くにいた店員を呼んだ。

程なくして、40歳手前くらいの兄ちゃんが来た。

すると、突然オトーが「これベンショウしてくれますか！」と言った。

兄ちゃんは「ええ、まだ買ってもないのに弁償ですか!?」とキレ気味に答えた。

僕が「すみません。もう少し安くできますか？」と言うと。

店員は事情が飲み込めた様子で、「ちょっと待ってください。店長に聞いてみます」と言ってカウンターの中に入って行った。
しばらくして店員が戻って来て、僕ら二人をクレーマーと思ったのか、2000円安くしてくれた。なので、僕らはそのガスコンロを買った。
支払いが終わって、帰る途中。僕が「オトー、安くしてほしい時には、ベンショウじゃなくて、勉強して！ と言うんだよ」と言うと、
オトー「やみ（そうねー）」。

51 初めての釣り

僕の息子が小学校6年生の時、ゴールデンウィークに「沖縄こどもの国」に行った。

そこは動物園なので色々な動物がいるのはもちろん、園の中心には大きな池があってコイや亀、ティラピア等がいて釣り堀もやっていた。

ひと通り動物も見たので、僕らはその釣り堀で魚を釣ることにした。竿を借り、エサを買って、コイでも釣ろうと僕らは意気込んでいた。

釣りが初めての息子にはひと通り釣り方を教えて、僕は一足先に釣りを楽しんでいた。そして、息子が勢いよく竿を振った。すると、近くにいた小学校低学年くらいの男の子の上唇に釣り針が引っ掛かってしまった。

男の子は唇を引っ張られて、引きつった顔で泣いてしまった。隣にいたお母さんが「だいじょうぶ？　だいじょうぶ？」と心配していた。

僕はすぐに走り寄って針を外し、「ゴメンね。ゴメンね」と男の子とお母さんに平謝りし、僕らは逃げるように釣り堀を後にした。

大事に至らなくて良かったけれど、初めて投げて、あんなに見事に上唇にヒットするのも珍しい。

息子は既に成人したが、男を引っ掛ける運命なのか。

彼女が出来たとの話を一度も聞いたことがない。

いくら何でも、何でこんなにウブに育ってしまったんだ。一体、誰に似たんだ？

僕か…。

52 急がば回れ

先週、親戚のお葬式があった。いつになっても、近しい人が亡くなるのは悲しいことだ。

僕らの門中墓（父系血族の墓）に通ずる私道には、部外者が入らないよう入口には鎖をして鍵を掛けている。それで、その日は遺族に代わって僕のオトーがその鍵を預かっていた。

式が終わり、そろそろお墓に納骨に行く時間となったので、僕は弟に鎖の鍵を渡し、みんなが来る前に入口を開けるようお願いした。

弟は粗相が無いよう、早めに出発した。遺骨と遺影を抱いた親戚の家族はマイクロバスに乗り、それを見送った後に僕とオトーは自家用車で急いでお墓に向かった。

僕とオトーはマイクロバスとは別ルートで先にお墓に着くと、開いてるはずの私道の入口が開いていない。先に来ているはずの弟の姿も見えなかった。

そのうち、親戚が乗ったマイクロバスも到着してしまった。そして、遺骨や遺影を抱いた遺族がバスから降りてきた。仕方がないので、僕はプロレスのリングのロープを持ち上げるように、入口に張った鎖を持ち上げて、親戚に謝りながら鎖の下をくぐってもらった。

お坊さんがお経を唱えて、親戚一同が並んで納骨の儀式をやっている最中に、ようやく弟がやってきた。弟は気まずそうに今更ながら鎖の鍵を開けて、列の一番後ろに並んだ。

後で弟に遅れた理由を聞くと、早く鍵を開けなければいけないと思って近道を行ったが、道に迷ってしまったという。

何事も、大事なことをする時には確実な方法でやったほうがいい。

良かれと思ってやった弟を責めることはできなかった。ましてや、前回の親戚のお葬式では、僕も失敗したのだから。

53 当て外れ

この間、知り合いから貰った映画のチケットの期限が切れそうだったので、映画を観に行った。

新聞の映画案内欄を見ると、ちょうどいい時間帯には自分が観たい映画はやっていなかった。仕方がないので手頃な映画を探していると、南風原のサザンプレックスで「バイオハザード：ヴェンデッタ」というのをやっていた。

バイオハザードはつい最近まで那覇のメインプレイスでやっていたはずだが、南風原は田舎だから時間差で回って来たんだろう。と思ってサザンプレックスに行った。

席に着いて、いざ観ているとＣＧのアニメーションだった。これはよくある最初だけアニメで、突然実写版の主人公が出てくるパターンだろうと思っていた。

ところが、いくら経ってもあのミラ・ジョヴォヴィッチが出てこない。

「何なんだ、これは？　もしかして全編アニメか？」と思っていたら、オープニング曲が流れ、スクロールされていくキャストやスタッフを見てアニメを確信した。

「しまった。ＣＧアニメだったのか！」、ミラ・ジョヴォヴィッチの美貌とアクションシーンを期待していただけに、それは落胆へと変わっていった。「新聞欄にはちゃんとＣＧって書けよ！」と思いつつ、今更帰るわけにはいかないので最後まで観ていた。

その映画は、ちょっとした仕草やアクションがリアルで、良い出来栄えではあったが、期待していたものではなかったので悶々としたものが残った。

それは、いつもの食堂で、いつも注文している料理の味が変わってしまって、仕方なく食べたような。行きつけのスナックに行ったら、その日馴染みの子が休みで、他の子とどうでもいい話をして帰ったような。

そんなスッキリしない感じで家路に就いた。

54 夜の侵入者

職場で夜パソコンに向かって仕事をしていたら、襟の中や頭髪の中に何かが入って、モソモソしている。

掴んでよく見ると、羽の生えたシロアリではないか。窓に目をやると沢山のシロアリが網戸にしがみついている。そいつらが蛍光灯の周りを飛んでいて、僕の服の中に入ったり頭髪の中に入ったりしている。気持ち悪い、イライラする。ほんと腹立つ！

僕はしばらくシロアリと格闘していた。すると、若い人が来て、「何やっているんですか？」と聞いてきた。僕はことの始終を話すと、若い人が「かふうさんは虫が入る髪の毛があっていいじゃないですか」と言った。

なるほど、いいことを言うわ。確かに僕は同世代の人に比べて髪があるほうだ。

これは贅沢な悩みなんだ。

僕は暫し、シロアリのことを忘れた。

55 松山の夜Ｉ

昨日、那覇の松山に飲みに行った。
綺麗なママさんのお店で飲んで上機嫌で店を出た。

帰りに露天の沖縄そば屋に寄った。
沖縄そばを食べたら、眠くなってその場でウトウトとしていた。

僕が座っていた席は４人掛けで、眠気に襲われている間に残りの３席に３人グループの客が座って、そばを食べながら雑談しているようだった。

そのうち、その３人と知り合いらしい男が、通りがかりに彼らを見つけて、話をしているようだった。

しばらくして、ウトウトとしている僕の頭に何か液体が掛けられた。

目を開けて、テーブルにあったティッシュペーパーで頭を拭いて匂いを嗅ぐと、沖縄そばに入れるコーレーグースの匂いだった。

側を見ると、そこには30歳ぐらいの兄ちゃんが立っていた。僕はすっくと立ち上がり、そいつの顔をにらみつけた。身長は僕より2〜3センチ高くて、太っていた。

コーレーグースを掛けた犯人は、状況的に見てそいつしかいなかった。

僕は仕事上、暴力事件になるのは御法度だ。決して手を出してはいけない。だけど、30ぐらいの兄ちゃんにコーレーグースを掛けられて、黙って帰るわけにはいかなかった。

僕はそいつに「俺にこれを掛けたのはお前だろう！」と凄んだ。

そいつは「見たのか？　証拠は？」と言ってきた。

僕はその席でそばを食べていた、そいつの知り合いらしい3人に「こいつがこれを俺の頭に掛けるのを見てただろう！」と聞いた。だけど、3人は何も答えなかった。

僕と兄ちゃんは、互いに20センチぐらいの距離で顔を付き合わせて、しばらく言い合いになった。そして、兄ちゃんは「お前はどうしたいんだ？」と言ったので、僕は「お前に同じようにコーレーグースを掛けたい！」と言った。

そしたら、兄ちゃんは「やれるもんならやってみろ！」と凄んだ。

なので、僕はコーレーグースを手に取り、そいつの頭に掛けた。

話が長くなったので、つづく。

56 松山の夜Ⅱ

那覇市内の露天の沖縄そば屋で、僕は兄ちゃんの頭にコーレーグースを掛けた。

そしたら、兄ちゃんは一瞬、驚いた表情を見せたが、すぐに「掛けたからには、ちゃんと証拠があるんだろうな！」といきり立った。

僕は「俺は寝てはいなかった。お前たちの話もちゃんと聞いていた！」。「やったのはお前だ。お前しかいない！」と負けずに反論した。

こういう相手と対峙する時には、相手よりも大きい声で、にらみを効かせて応戦しなければならない。

なので、前にも増して大声で怒鳴り合いになった。

そして、ボルテージが最高潮に達した兄ちゃんは、いよいよ手が出そうになった。

ここで殴り合いになるわけにはいかない。もう、逃げるしかない。僕は応戦しながら、そっと隣の丸椅子に置いてあったセカンドバッグと傘を小脇に抱えた。

そして、一気にダッシュした。兄ちゃんも不意を突かれて「おい、こら！」と追いかけてきた。僕は松山のキャッチの群れをかき分けながら、必死に走った。兄ちゃんもしつこく追いかけてくる。

表通りに出ると、客待ちで後部ドアを開けているタクシーが僕の目に入った。僕はそのタクシーに飛び乗り、運転手に「早く出して下さい！」と大声を上げた。

そして、ドアが閉まる瞬間、兄ちゃんの手が窓枠に掛かりドアをこじ開けた。

またまた、話が長くなったので、つづく。

57 松山の夜Ⅲ

これで、松山での戦いも終わると思った瞬間、兄ちゃんにタクシーのドアをこじ開けられてしまった。

僕は思わず叫んだ。「何なんだ、お前は！ 帰れ！」。

そして、兄ちゃんも叫んだ。「おい！ 公務員、出て来い！」。

何で兄ちゃんは僕が公務員と知っているんだ？ 僕がそんなに真面目そうなのか？ それとも、元々狙いは僕のセカンドバッグだったのか？ 寝ているかどうか、確かめるためにコーレーグースを掛けたのか？ そんな思いが僕の頭をよぎった。

兄ちゃんは完全に頭にきていた。僕を引きずり出そうとタクシーの中に入ってこようとしている。僕は必死でアントニオ猪木のアリ・キックで応戦した。兄ちゃんは僕の激しい抵抗にたまらずタクシーの外に出た。

兄ちゃんがひるんだ隙に、僕はタクシーの運転手に「今です。閉めて下さい！」と大声を上げた。それに応えて、運転手がドアを半分近く閉めたところで、またしても兄ちゃんの手が窓枠に掛かった。

そして、運転手に「おい！ 三和（タクシー）、殺すぞ！」と凄んだ。

兄ちゃんは、もう完全に切れていた。

そしてまた、「おい！ 公務員、出て来い！」と叫びながら僕を引きずり出そうとした。

僕もアリ・キックで応戦し、しばらく二人の攻防が続いた。

その時、外から「もうやめろ！」と、声がした。その声の主は、さっき同じテーブルでそばを食べていた兄ちゃんの知り合いだった。

彼は「もうやめろ」と言いながら、兄ちゃんを羽交い締めにして車から引きずり出してくれた。そのおかげで僕の乗ったタクシーは、長かった松山の夜を後にすることができた。

かくして、非暴力的に僕のプライドを守るという危険な賭けは辛うじて成功した。

僕は、良心を忘れなかった兄ちゃんの知り合いに感謝したい。

そして、兄ちゃんの脅しにも負けなかった、タクシーの運転手さんにも感謝したい。

58 ヤマトゥンチュの沖縄愛

先週、元 THE BOOM の宮沢和史さんの講演会に行った。

彼の「島唄」は大好きで、時々カラオケで僕も歌っている。また、どんな話をするのか興味があった。講演会のテーマは「この島の未来を語ろう～黒木（くるち）と民謡（うた）と三線と～」であった。

彼は現在〝くるちの杜100年プロジェクト〟という三線の竿となる黒木を植樹する取り組みを行っている。これは、彼らの「島唄」がヒットした半面、三線ブームが起き、三線の材料の黒木が不足したことから、この事業を思いついたのだという。

彼は沖縄戦の悲劇を「島唄」に込め、なるべく直接的な表現を用いないで、思いが伝わるように工夫して歌詞を作ったということであった。

黒木が三線の材料になるためには100年以上かかるので、是非とも沖縄の子供たちに守り継いでもらって、共にくるちの杜を育てていきたいとのことであった。

それで、毎月ボランティアと一緒に草刈りや手入れをしている様子をスライドで見せてくれた。彼の沖縄に対する思いはとても熱く、沖縄の人以上に沖縄愛を感じた。

最近は沖縄が好きで、本土から移住してくる人が増えた。彼らは色々な技術や文化や芸術をもたらし、沖縄を発展させてくれる。

僕は、彼らのようなヤマトゥンチュ（本土の人）の行動を理解し、応援したい。

そして最後に、彼は自分で作った三線を弾きながら「島唄」を歌ってくれた。生歌で、会場の隅々まで届く、伸びのある歌声だった。

宮沢和史は稀にみる、情熱を持ったいい男だった。

59 ゴーヤーⅠ

何年か前に神戸に住んでいた夏のこと。

僕は課長から「君は沖縄出身だよね？　庭に植えたゴーヤーがなったから、これあげる」

と言って紙袋に入ったゴーヤーを貰った。

中を開けてみると、白い大きなゴーヤーだった。僕は久々のゴーヤーだったので「ありがとうございます。早速、今日料理して食べます」とお礼を言った。

夕方、同僚から「今日、一杯やるか?」と誘われたので、「いいねー」と言って飲みに行った。ゴーヤーは飲み屋に忘れたらいけないと思って、ロッカーにしまった。

翌日、後輩から「先輩、今日飲みに行きませんか?」と誘われたので「いいねー」と言って、また飲みに行った。

翌々日、帰り際に、そういえば課長からゴーヤーを貰ったんだ。今日食べようと思って袋を開けると、なんとゴーヤーが真っ黄色に熟してブヨブヨになっていた。

これはまずいことになった。課長に何て言おう。

その翌日、課長に「この間貰ったゴーヤー、とても美味しかったです。ゴーヤーチャンプルーにして食べました」と、ウソをついた。

さすがに、課長に貰ったゴーヤーを熟させて、食べられなかったなんて、とても言えなかった。僕は罪悪感でいっぱいだった。

そうだ！　このゴーヤーから種を取って、ゴーヤーを植えて、出来たゴーヤーを食べよう！　そうすれば、課長から貰ったゴーヤーを食べたことになる。

僕は自分にそう言い聞かせて、種を取った。

だけど、その年の10月に僕は転職が決まっていて、沖縄に帰ることになっていた。

それで僕は、翌年沖縄で課長のゴーヤーの種を植えた。つづく。

60 ゴーヤーⅡ

熟してブヨブヨになったゴーヤーには、大きな種が入っていた。僕はこれをキッチンペーパーに包み、沖縄に持ち帰った。

翌年の5月、僕はメイクマン（ホームセンター）でプランターを買った。これを南向きのベランダに据えて、課長のゴーヤーの種を4つ植えた。

毎日水をやり、芽が出るのを心待ちにして観察していた。何日かして、土の中から頭をもたげて、4つの芽が出てきた。

やった！ これでゴーヤーが食べれる。僕は毎日水をやり、ゴーヤーの葉っぱが増えていくのに一喜一憂した。僕はゴーヤーの成長を見るのが楽しくてしょうがなかった。

ゴーヤーを見ながら色々と妄想した。ゴーヤーが出来たら課長に送ろう。課長は何と言うだろう。驚くかな。ゴーヤーを食べなかったことを言うべきか。言わないほうがいいのか。色々と考えた。

そうするうちにゴーヤーも伸びてきて、ベランダにはい出してきた。僕は格子状に木の枝を立ててゴーヤーをはわせた。

そのうち、花も咲き始めた。これは期待できる。僕の妄想はさらに膨らんだ。

だけど、台風も来た。台風なんかで大事なゴーヤーをダメにするわけにはいかない。その時にはプランターごと家の中に入れた。

ゴーヤーの実が10センチぐらいになった。また、台風が来た。何なんだ、忌々しい台風め。嫌がらせか！　この年に限って、気のせいか台風が多い気がした。また、家の中に入れてやり過ごした。

そうこうしているうちに、なんとゴーヤーが黄色く熟し始めた。何だこれは？　これ以上大きくならないのか？　しかも、課長から貰ったゴーヤーはアバシゴーヤーのように大きくて白かったのに、このゴーヤーは濃い緑色で小さくちぢこもっていた。どんなに伸びても12センチ以上大きくならなかった。

それは、まるで大柄な北欧の人が小柄なアフリカのピグミー族を産んだ感覚だった。僕の妄想ではこんなはずじゃなかった。大事に育てたのに、何でこうなるの？

しょうがないので、これを何個かもいで、ゴーヤーチャンプルーにした。身は硬かったが、実際にチャンプルーにして食べることができた。目的は一応達成した。でも、モヤモヤとしたものが残った。

この話はこれで終わらなかった。つづく。

61 ゴーヤーⅢ

課長から貰ったゴーヤーは実を付けた。だけど、似ても似つかぬ小さいゴーヤーだった。身は硬く苦味も強かった。きっと、貰った時のゴーヤーは実がシャキシャキして苦味もそう強くなかったに違いない。何か物足りない思いで、その夏が過ぎた。

その翌年の３月、僕は出張で大阪に行った。僕が来たのを聞きつけて、元大阪や神戸の仕事仲間が僕を飲みに誘ってくれた。

待ち合わせたショットバーに行くと、なんとあのゴーヤーをくれた課長も来ていた。課長は元総理大臣の宮沢喜一と体型が似ていて、小柄で目が細くてメガネを掛けていた。歳は57か58だと思うが、おじいちゃんのように可愛かった。店は少し暗かったが、そのシルエットからすぐに課長と分かった。

1年半ぶりに課長と飲んで、昔話に花が咲いてとても楽しい話が続いた。僕はお酒を飲んだ勢いもあったが、思い切って課長から貰ったゴーヤーの話をした。

課長から貰ったゴーヤーは、本当はロッカーに置きっ放しにして、熟してしまって食べられなかったこと。種を持ち帰って、それを植えて、何度か来た台風の度に家の中に入れて大事に育てたこと。それにもかかわらず小さいゴーヤーしかならなかったことを正直に話した。

それを聞いていた課長は、笑いながら、そして細い目から流れ出る涙を何度も拭いながら「馬鹿だなー、かふう君は。あのゴーヤーは品種改良されたものだから、種を植えても果物といっしょで同じものは出来ないよ」、「原種に戻るから出来ても小さいものしかならないよ」と言った。

課長は怒るどころか、「おもしろい、おもしろい」と言ってメガネを持ち上げて、何度も何度も涙を拭いた。

僕は課長の言葉に救われた気がした。あの時、飲みに行って食べなかった罪悪感から解き放たれたような気がした。出来たゴーヤーを食べてもモヤモヤ感が残ったのは、これだったんだ。

課長に正直に話して本当に良かった。

僕はスッキリした気持ちで沖縄に帰った。

62 オバさんの奇襲

もう10年以上も前の夏のこと。

僕は子供と一緒に沖縄県うるま市の伊計ビーチに海水浴に行った。

海水は綺麗で、僕らは沖の浮島まで泳いだり、岩場で潜ったりして海水浴を満喫した。岩にはウニやシャコ貝も張り付いていた。

海から上がると、周りはバーベキューを楽しんでいる家族連れやグループでいっぱいだった。ひとしきり泳いだので、お腹がペコペコだった。周りのバーベキューの匂いは、空腹の僕らにとって居たたまれなかった。一層僕らの空腹感を倍増させた。

子供が「夕飯は焼き肉に行きたい」と言った。僕も同じ思いで、もはや海水浴どころじゃなく、気持ちは焼き肉屋に向かっていた。

車で焼き肉屋に向かっている途中、子供が買いたいのがあるから首里リウボウ（リウボウストア）に寄りたいと言うので、一旦そこに寄った。

首里リウボウの駐車場に車を停めて子供が買い物に行った後、僕は焼き肉屋は掘りごたつなので砂を落としてはいけないと思い、車から降りた。そして、かがみながら折り曲げていたジーパンの裾を直し、折り目に入っていた砂を落としていた。

すると、いきなり細い棒みたいなものが、僕の背中を激しく突いた。

「痛った。誰だ俺の背中を刺したのは！」とキレ気味に振り返ると、そこには太ったオバさんが尻もちをついていた。

よく見ると、そのオバさんは駐車場の幅の狭い花壇に立ててある洋菓子店のノボリに尻もちをついて、旗の上の横棒が僕の背中に直角に振り下ろされていた。

オバさんは身障者らしく、花壇向こうの身障者用駐車場に車を止めて、降りた時にノボリに尻もちをついたようだった。オバさんは後ろ向きに「すみません、すみません」と言いながらも、立てずにノボリでずっと僕の背中を突いていた。

僕はオバさんの体重で弓なりに反ったノボリをどけて、彼女を起してあげた。背中が痛かったが、身障者相手に怒るわけにはいかなかった。

前回の車椅子攻撃と同様、何時も背後には気を付けないといけない！

63 尺取虫

僕の職場にはガジュマルの木が沢山ある。

駐車場に車を止めて建物まで歩いて自分の部署に着くと、首のところに違和感があった。振り払ってみると、黒地に白いマダラの尺取虫だった。僕は一瞬の出来事にゾッとした。こんな日は「朝から今日はツイてないわ」と思う。

だけど、こういう経験は初めてではない。駐車場から歩いてくる途中、時々糸にぶら下がった幼虫に出くわすことがある。これに気付かずに通り過ぎるとえらい目に遭う。肩や背中ならまだいい。

頭に付くと最悪。僕は日頃から髪型をオールバックに固めているので、頭髪の隙間に入ると、もう大変。頭皮を虫がはい回っているのが分かるが、虫を取ろうとすると髪型がくずれるので取れない。気持ち悪いし、イライラする。ほんとワジワジーする（頭にくる）。こんな時、頭に殺虫剤を撒くわけにもいかず、ただ虫が自分から出て行くのを待つしかない。特に、夜は虫がぶら下がっていても、暗くて全然分からない。

前にも、家に帰ってシャワーを浴びていたら、頭から2匹の尺取虫が流れていった。いい歳をしたオジさんながら、思わず「ギャー」と悲鳴を上げてしまった。

そんな訳で、僕は木陰を通る時には頭に手をかざし、なるべく木のない炎天下で直射日光を浴びながら歩いている。僕のその光景を見た人は変に思うかもしれないが、僕なりの理由がある。

分かるよね。

64 おハチが回る

前にも話したように、僕は中学時代バスケットボール部に入っていた。練習の際、体育館は男女それぞれのバレー部や剣道部なども使うので交代で使用していた。

その日は運動場のコートが割り当てられていたので、外で練習していた。隣のコートは男子のバレー部だった。外の練習では決まって何キロか、さとうきび畑の方角へランニングしてから、ボールを使っての練習だった。

バレー部も同じようなメニューだった。僕らがランニングを終わってコートで練習をしていたら、しばらくしてバレー部もランニングから帰って来た。

そしたら、バレー部の同級生の様子がおかしい。何か苦しそうにしている。

彼は僕を見つけて、近くにやって来た。彼曰く、かけ声を掛けながらランニングしていたら、ハチを吸い込んでしまいノドの奥を刺されたのだという。

彼は涙を流し、首を掻きむしりながらもがき苦しんでいた。まさに悶絶寸前だった。

彼は必死に口を開けて、どうにかしてほしい様子だった。確かにノドが赤く腫れていたが、僕にはどうすることもできなかった。

なので、彼は助けを求めて校舎のほうへ、駆けて行った。

僕は、バレー部の先輩はバスケ部と違って真面目で後輩を殴ったりしないので、日頃からバレー部がうらやましかった。だけど、代わりにハチに攻撃されるとは思ってもみなかった。

人生、長い目で見ると平等なのかもしれない。

65 雑巾

僕の職場では、いつも作業用流し台の近くに手拭きのタオルが掛けてある。

このタオルの洗濯は、誰が洗うと決まっているわけではないが、朝早く出勤した人が洗っている。朝早いのは大体僕なので、殆ど僕が洗っている。

この間、いつものように朝タオルを洗ってベランダに干しに行ったら、まだ雑巾が干されていた。この雑巾は3日前から干されているもので、職場の若者が干したことは分かっていた。後片付けはちゃんと自分でやってほしいので、わざと取り込まないでいた。

だけど、彼はもう干したことさえ忘れてしまったのだろうと思って、雑巾を取り込んで雑巾入れにしまった。代わりに、雑巾が干してあった近くにその日洗った手拭きタオルを干した。

夕方、タオルを取り込もうとベランダに出たら、朝干したタオルが無い。誰かが取り込んでくれたのかとタオル入れを確認しに行ったら、タオルは無かった。もしやと思って、雑巾入れを見に行ったら、今朝洗ったタオルが入っていた。これは３日前に雑巾を洗った若者に違いなかった。彼は雑巾を洗ったことを思い出し、僕が洗った手拭きタオルを取り込んで雑巾入れにしまったのだろう。

うちの職場の雑巾は傷んだタオルを雑巾として使っていたけれど、ボロボロで茶色くなった雑巾と真っ白な手拭きタオルの違いぐらいは分かるだろう。僕は「もっと考えて動けよ！」とつぶやいた。

きっと彼は、未だに手拭きタオルを雑巾入れにしまったとは思っていないだろう。知らないほうが幸せかもしれない。

66 漂流Ⅰ

大学時代、１泊２日のサマー研修で沖縄のヤンバルの浜辺の民宿に行った。研修とは言っても、バレーボールや飲み会をしたり、海水浴をしたりした。

僕らが浅瀬ではしゃいでいたら、砂浜でビーチボールでバレーをしていた女子が、ボールを打ち損ねて海のほうに飛ばしてしまった。

「ボール取ってぇ」と女子の黄色い声が聞こえ、僕らはそのボールを取ろうとしたが、どんどん沖のほうに流されてしまった。

仲間の誰かが、砂浜にあった貸しボートを勝手に引っ張ってきた。僕らはこの3人乗りぐらいのボートに5～6人乗り込み、手漕ぎでボールを追いかけた。

だけど、ボールはどんどん沖のほうに流されていった。

気が付くと、僕らのボートもかなり沖まで流されてしまっていた。慌てて陸地に戻ろうとしたが、勝手に乗ったボートなので櫂が付いていなかった。

手漕ぎで戻ろうとしたが、さらにどんどん沖のほうに流されてしまった。だんだん波も荒くなり、海底も全く見えない外海の深いところまで来てしまっていた。

元々定員オーバーで、手で必死に漕いでも同じところをグルグル回っているだけだった。

もう、どうすることもできない状態になっていた。

高い波で僕らのボートは大きく上下に浮き沈み、もう沈没寸前だった。

みんな血の気が引き、必死にボートの縁にしがみついていた。

僕らは、もう取り返しのつかないところまで来ていた。

僕は、最悪の事態を覚悟した。次回につづく。

67 漂流Ⅱ

何年か前、知り合いの女の子たちと一緒に飲みに行った。そこは那覇市内の地下1階の小さなライブハウスみたいな店だった。

何本かギターが飾られていて、ドラムセットも用意されていた。壁には至るところにビートルズの写真が貼ってあった。その店は僕よりも少し年上と思われる痩せ型のマスターが一人でやっていた。週に何回かはメンバーが集まってバンド演奏をするという。

その日、他にお客さんはいなかったので僕らはカウンターに座った。マスターは面白い人で、色々と僕らを楽しませてくれた。

マスターはマジックが得意だった。トランプを取り出し、テレビでやるように僕らにそれぞれ1枚ずつ引かせて、見えないようにトランプに戻し、何回かきってからことごとく引いたカードを当てていった。

赤色だったトランプの背表紙も一瞬にして全部青色に変えて、僕らをあっと言わせた。

スプーンも楽々と曲げてみせた。それどころか、らせん状に曲げたり、スプーンの首のところを何度か撫でると、頭の部分が切れて落ちた。

また、何も入っていない買い物の紙袋から1メートルくらいの棒を出したり、花束を出したりと、現実ではあり得ないことの連続だった。

僕らは彼が色々な技を繰り出す度に歓声を上げた。

それは、一流のマジックショーを間近で見ているような贅沢な一時だった。

マスターは霊感も強かった。僕らの性格や、今考えていることもズバリ言い当てた。

マスターには僕らが見えない物も見えるという。彼曰く、人それぞれ守護霊がいるという。

マスターが言うには、僕の後ろにも僕の守護霊が見えていて、守護霊が僕が二十歳の時に海で溺れるのを助けたと言っているという。

僕は二十歳の時、海に行ったことを思い出してみた。

二十歳と言えば大学生の頃……、僕はゾッとした。それは紛れもなく、定員オーバーの貸しボートに乗って沖に流された時のことだ。

僕らの乗ったボートは大きな波が来る度、海面がボートの縁に10センチ以下にまで迫っていた。もう、沈没するのは時間の問題だった。

次回、いよいよクライマックスへ。

68 漂流Ⅲ

僕らが乗ったボートは大きな波が来る度に大きく浮き沈みし、今にもボートの縁から海水がなだれ込みそうな状態になっていた。

僕らは、波間の向こうに見える陸地の砂浜に、かろうじて米粒程度に人影が見えるぐらいの遠くまで流されていた。

ボートには海人《うみんちゅ》（漁師）みたいに泳ぎが達者な泉も乗っていた。彼も事の重大さを人一倍強く感じていた。

泉は「このままでは危ないから、僕は海に入る」と言って海に飛び込んだ。そして、ボートの後ろに掴まって漂っていた。

泉のおかげで一人分軽くなり、少しボートが浮いた。しかし、依然として沈没の危機は脱しなかった。僕らは、まるで東シナ海の荒波に浮かぶ木の葉のように、どうすることもできなかった。

しばらく波間で漂っていると、遠くのほうから「おーい、大丈夫かー？」と微かに声が聞こえた。声のするほうを見ると、1艘のボートが僕らのほうに向かっていた。

「やった！　これで助かる」みんなの顔が安堵の表情に変わった。

近づいてくるボートの声の主は、佐久田と吉沢だった。「お前ら、大丈夫か？」佐久田が笑った。「しょうがないなー」吉沢も笑った。

彼らは持っていたロープを僕らのほうに投げてくれたので、僕らはそのロープをボートの舳先《へさき》に結んだ。そして、佐久田と吉沢は「クソ重いなー、ヨイショ、ヨイショ」と言いながら一生懸命に櫂を漕いでいた。

確かに、定員オーバーのボートの曳航は余程重かったに違いない。

僕は彼らを見つめながら、申し訳ないと思いつつ、感謝の気持ちでいっぱいだった。

ボートはゆっくり、ゆっくりと進み、無事陸地に立つことができた。

僕らは泉の機転、佐久田と吉沢の救助により生還することができた。命の恩人として彼らの勇気に感謝している。

そして、もしかしたら、あんな定員オーバーのボートが持ちこたえられたのは、マスターが言うように守護霊が守ってくれたのかもしれない。僕の守護霊にも感謝したい。

今回の件で、無鉄砲で判断が甘かったことを痛感した。

その後生きる上での教訓にしている。

69 ガジャン（蚊）

大体日曜日は実家に行って夕飯を作っている。この間は日曜日だというのに朝の8時から仕事があって、夕方までかかった。

実家に着くと、もう薄暗くなっていた。その日はヘチマ汁を作ることにしていた。

材料のヘチマは、オトーの家庭菜園から調達することになっていた。外は暗くなってきたので、右手にハサミ、左手に懐中電灯を持ってヘチマを取りに行った。暗くてなかなかヘチマは探せなかったが、蚊はいっぱいいいた。葉っぱをかき分け、かき分け探すが、なかなか見つからない。

その間、蚊に集《たか》られ痒くてしょうがない。そいつらは、顔、首、手、腕、お構いなく刺してくる。「やなガジャンぐゎぁ（クソー、忌々しい蚊め）」と思いながら、手で払ってはいるが、両手にハサミと懐中電灯を持っているのでなかなか叩けない。

イライラしながら、顔に付いているガジャンを腕で払ったら、ガジャンが潰れてお気に入りの白いシャツの袖に血が付いてしまった。また「やなガジャンぐゎぁや」と思いつつ、結局ヘチマ5本取るのに20ヶ所近く刺されてしまった。

ほんと、今日はツイてない。日曜日だというのに朝から仕事で、夜はガジャンに刺されまくり、散々だ。上半身痒くてたまらないので、顔から指の先までムヒを塗りたくった。

その後、痒みに耐えながらヘチマの皮を剥いて輪切りにし、ポークランチョンミートと豆腐を角切りにし、ツナ缶と溶き卵を入れ、やっとの思いでミソ仕立てのヘチマ汁を作った。我ながらいい出来だった。早速、オトーと弟に熱々のヘチマ汁をよそってあげた。いつもより夕飯の時間は遅くなっていた。

弟は余程お腹が空いて早く食べたかったのか、ヘチマ汁に大きい氷を2つ入れて冷まして食べた。そして弟が言った「今日のヘチマ汁、味が薄いね」。

僕はムッとなった「お前が氷入れたからだろう！」

顔じゅうガジャンに刺され、腫れ上がった僕の顔はさらに歪んだ。

「自分で作れ！」。

70 運動会の思い出

僕の次男が幼稚園の時のこと。運動会があるので、毎日遊戯やリレーの練習をしていた。

次男は、クラスのひまわり組では足が早く、リレーのアンカーを任されていた。練習でいつも勝っているらしく、「お父さん、今日リレーで1番になったよ」と、よく家で自慢していた。

運動会では靴が指定されていて、白の上履きを履くことになっていた。

次男は新しい上履きを買って、運動会まで履くのを楽しみに取っておいていた。

運動会の日、真新しい靴を履いて行進し、遊戯やゲームをして楽しそうだった。他の学年の演目もみんな可愛くて、一つ一つの動作が微笑ましかった。

いよいよ、次男の学年のクラス対抗のリレーとなった。どちらのクラスも抜きつ抜かれつの目の離せない展開となった。そして、混戦のままアンカーにバトンが渡った。競り合いの中、次男がトップになろうとした瞬間、靴が脱げて前のめりに転んでしまった。

次男はすぐに起き上がって追いかけたが、クラスの「ガンバレー」の声援空しく、最下位になってしまった。ひまわり組のみんなは慰めてくれているようだったが、次男はバツが悪そうに苦笑いしていた。

続いて、最後の演目は「お父さんとラジオ体操」だった。次男は手足を擦り剥いたらしく、膝から少し血が出ていた。僕らはお互い最初何も言わず、向かい合ってラジオ体操をやっていた。

そして、僕が「頑張ったね。頑張った、頑張った」と言うと、次男は今まで我慢していたのか、目にいっぱいの涙を溜めて僕を見つめた。

それから、次男は堰を切ったように、泣きながらラジオ体操を続けた。その間、僕は何も声をかけることができなかった。ただ黙って一緒にラジオ体操をするのが精一杯だった。

新しい靴は少し大きかったらしく、切ない運動会となった。

71 オジーの甘い水

この間、大学病院の食堂に行った。ここの食堂は飲み物がセルフサービスで、コーヒーとアイスティーは飲み放題だ。

僕が来たのは、お昼時だったので混んでいた。辺りを見渡すと、水の入ったコップを前に一人で座っているオジーがいた。

そのオジーの隣のテーブルが空いていたので、僕はそこに座った。食事が来るのを待っていると、診察料を払ってきたのかオジーの娘さんらしい人が来た。

するとオジーが「うぬ水《みじ》や甘《あま》さっサー（この水、甘いんだけど）」と言った。それを聞いた娘さんは「えッ！」と絶句した。娘さんがびっくりするのには訳があった。それは、セルフの水を間違えてガムシロップを入れたに違いなかった。

オジーのコップには、ガムシロップらしきものがなみなみと注がれていた。

セルフの飲み物テーブルには、コーヒーとアイスティーの他に水とガムシロップも置いてあった。しかも、水とガムシロップはどちらもステンレスポットに入っていて、ガムシロップの容器は少し小さいだけだった。

それぞれのポットには、水には「お冷や」、ガムシロップには「ガムシロ」と書いてあったが、戦前生まれのオジーには「お冷や」と「ガムシロ」の違いが分かるはずもなかった。

オジー、ここの食堂の水はチョー甘かったんじゃないの？

72 ナイスタイミング

夜の8時頃、那覇市内を車で走っていた時のこと。

交差点に差し掛かった辺りで前方が混んでいた。信号は青だったが、このまま行くと交差点の真ん中で止まってしまうので、僕は停止線で止まっていた。

交差点内は空いているので、正面方向から来た乗用車が右折しようとしていた。ところがちょうどその時、僕の後ろの路肩側から来た原付バイクが僕の車の横を通り過ぎて行った。

「あぁーぶつかる」と思った瞬間、案の定そのバイクが右折中の車の前輪に衝突した。

そしてバイクに乗っていた兄ちゃんは、ぶつかった瞬間、車のボンネットの上を綺麗に1回転し、反対側にピタッと立った。

それも、体操の内村航平でもできないような、見事な10点満点の着地だった。しかも、ケガ一つしていなかった。

僕は思わず「おぉー」と拍手してしまった。

人生、災難に遭っても無事に切り抜けられるどうかは紙一重だ。

73 許せない略奪愛

僕がまだ20代の頃、僕の職場は那覇市の安謝新港の近くにあった。あの頃、その一帯は野犬が多かった。

仕事中に窓の外を見ていたら、２匹の野犬がじゃれ合って楽しそうだった。そのうち、２匹は人目をはばからず交尾を始めた。

その最中、どこからかもう1匹野犬がやって来た。その野犬は嫉妬したのか、自分もやりたかったのか。交尾しているオスの背中に噛み付いた。

咬まれたオスは痛くてキャンキャン鳴いている。だけど、合体したまま一向に離れなかった。と言うか、離れることができない様子だった。

後から来た犬はこれでもか、これでもかと執拗に攻撃した。咬まれてる犬は、無防備状態のやられっぱなしで、相手のメス犬も困惑してオロオロしていた。

咬まれているオス犬は「キャイーン、キャイーン」と甲高い悲鳴を上げながら、そこら辺を合体したままスタスタと逃げ回っていた。

すると、突然職場の警備のオジさんが出てきて、何か言いながら咬んでいる犬を竹ぼうきで何度も何度も叩いた。

その犬もオジさんに叩かれてキャンキャン鳴いてはいるが、合体した犬への攻撃をなかなか緩めなかった。

業を煮やしたオジさんはさらに声を荒げ、今度ははっきり聞こえる声で「やな犬《いん》ぐゎー、やな犬《いん》ぐゎーや、あまんかい行けー（コノヤロー、こん畜生、あっち行け！）」と言いながら、向きになってその犬を激しく叩いていた。

オジさんの攻撃のボルテージが最高潮に達すると、たまらずその犬は逃げて行った。

オジさんも過去に何かあったのか、他人《ひと》のものを横取りしようとするヤツが許せなかったんだろう。

74 ヤバイ、ヤバイ

この間、昼ご飯を食べに食堂に行った。

その日は早起きして疲れていたので、汁物が欲しくて味噌汁定食を頼んだ。

程なくして、野菜のいっぱい入った味噌汁が来た。キャベツやモヤシ、ニンジン、タマネギ、豆腐、ポークランチョンミート、卵などが入っていて疲れた体には最高だった。

僕が味噌汁を堪能していたら、後ろのテーブルが何やら騒がしくなった。

僕はそのテーブルを背にしているので、後ろで何が起こっているのか分からなかった。

しばらくして、店の配膳のおばさんが折りたたんだ新聞紙を片手に持って、何かを探している。後ろのテーブルから「ゴキブリ、そこそこ！」と若い兄ちゃんらしい声が聞こえた。

「ゴキブリか」、やっと事情が飲み込めた。「こっちに来なければいいな。もし、飛んできて味噌汁に落ちたら嫌だな」と不安に思いながら食べていた。

おばさんは「ヤバイ、ヤバイ」と言いながら、ゴキブリを追いかけ回している様子だった。

その間、僕はこっちに来ないか気が気でなかった。

案の定、おばさんが、かがんで僕のテーブルの下に来た。

そして、パーンと乾いた音がした。しばらくして、おばさんは立ち上がり、折りたたんだ新聞紙を片手に持って「ごめんなさいね」と言って立ち去って行った。

ゴキブリが仕留められてホッとしたが、必死に追いかけ回しているおばさんを見て、僕は思った。

一番ヤバイのはアンタだろう！

75 カマキリの復讐？

昨日、門中墓の花壇に木を植えるために除草剤を撒きに行った。その花壇はマガヤが生い茂っていて、木を植える前に予め草を枯らしておく必要があった。

その日は昼過ぎから仕事があったので、一通り除草剤を撒いた後、仕事に行った。

仕事が終わったのは夜の８時前で、もう真っ暗になっていた。車に乗り込み、エンジンをかけた。車内の空気を入れ換えるために窓を開けた。

すると、突然パタパタと羽音が聞こえた。でも真っ暗で何なのか分からなかった。

とりあえず、車を出した。５００メールぐらい走って、街灯のある明るいところに出た。

そしたら、なんとハンドルのクラクションのところに大きなメスのカマキリがいた。
「何で、ハンドルにカマキリがいるの？」。訳が分からなかった。

とりあえず、そいつを出そうと窓を開けた。
そして、片手で運転しながらそいつを捕まえたら、小指を挟まれてしまった。

「痛った」激しい痛みが走ったが、そのまま窓の外に放り投げた。
挟まれた小指を絞ると、貧血検査の時にランセットで刺されたぐらいの血が出た。

「何で僕の車にカマキリがいたんだ？」。不思議でしょうがなかった。

そう言えば、以前にお墓の花壇でカマキリを捕まえたことがあった。
もしかして、僕が今日除草剤を撒いたので、居場所が無くなって仕返しに来たのか？

まさかね。

76 ギョウ虫

子供の頃、ギョウ虫検査をしたことを覚えているだろうか？

あの、ダーツの的みたいなセロハンを肛門に押し当てる検査だ。

そして、ギョウ虫検査が陽性だったら、ポキールという駆虫薬を飲まされた。

僕が小学校1年生の時のこと。そのギョウ虫検査は行われた。2日間、寝起きにセロハンを肛門に押し当てて、学校に提出した。

検査結果は何日か後に出ることになっていた。そして、検査したことも忘れた頃、帰りがけに先生から結果の発表があった。

陽性者にはポキールが配られた。僕はドキドキしながら先生の発表を聞いていた。何名か男子が呼ばれて、ポキールを受け取った子はバツが悪そうにしていた。

そして、僕が秘かに好きだった可愛い女の子も名前を呼ばれてしまった。
彼女はうつむき加減に、先生からポキールをそっと受け取った。
可哀想に、その日からその子のあだ名は「ギョウ虫」になった。
人間なのにギョウ虫はヒドイだろう。ましてや女の子なのに。
子供は残酷だ。

77 つわり

僕が小学校に入学した時のこと。僕のオカー（母親）が、「もし学校で気分が悪くなったら、つわりで気分が悪いと言うんだよ」と言った。

1年生になってしばらく経った頃、授業中にお腹が痛くなった。担任の先生は、定年前のおばーちゃん先生だった。

僕がオカーに教わった通り、「つわりで気分が悪いです」と言うと、心配そうに保健室に連れて行ってくれた。

2年生になって、また授業中にお腹が痛くなった。2年生の担任も優しいおばーちゃん先生だった。

また、「つわりで気分が悪いです」と言うと、保健室に連れて行ってくれた。

3年生になって、また授業中にお腹が痛くなった。担任の先生は30代前半の若い女の先生だった。

先生に「つわりで気分が悪いです」と言うと、先生は、「つわり？　つわりで気分が悪いの？」と言って大きな声で笑った。

僕はお腹が痛いのに何で笑うんだ。なんてヒドイ先生なんだと思った。

僕は保健室で横になりながら、なんであの時、先生が笑ったのか悶々と考えていた。

そして、家に帰ってその一部始終をオカーに話した。

すると、オカーはさらりと言った。

「そうねー」。

78 結婚式孤軍糞闘

姪っ子の結婚式に行った時のこと。

新郎新婦の二人はヤクルトに勤めていて、職場結婚だった。

披露宴会場に着くと、円卓には〝ヤクルト400〟が各席に1本ずつ置かれていた。

僕は「さすがヤクルト社員、市販の200ではなくて、ヤクルトおばさんからしか買えない400を準備したんだ」と感心した。

席に着くや否や、早速ヤクルト400を飲み干した。隣には義弟が座っていて、彼は要らないと言うので、その日ちょっと風邪気味ではあったがこれも一気に飲み干した。

新郎新婦が華やかに入場し、偉い人たちの挨拶が一通り終わって余興が始まった。

その頃から、僕はお腹に異変を感じ始めていた。

それから数分も経たないうちに激しい腹痛に襲われ、たまらずトイレに駆け込んだ。

水様性の下痢で、なかなか便意が収まらなかった。

ようやくお腹の調子が治まって、会場に戻ると職場代表の余興をやっていた。しばらく見ていると、また激しい腹痛に襲われ、トイレに駆け込んだ。

会場に戻ると友人代表挨拶をやっていた。二人目の挨拶が始まった頃、また便意に襲われトイレに走った。もう僕のお腹は結婚式どころではなくなっていた。

トイレから戻ると、今度は勇壮にエイサーを舞っていた。だけど、太鼓にバチが振り下ろされる度に、その振動が「ズシン、ズシン」と僕のお腹を直撃した。それはまるで何回も何回もお腹を叩かれているようだった。たまらずトイレに走った。

会場に戻ると、新婦が花束贈呈か何かで泣いていた。新婦からの手紙は聞いたけれど、大事なところを見逃してしまった。僕は姪っ子に申し訳ない気持ちでいっぱいになった。

結局、僕はめでたい披露宴の間に4回もトイレに行き、一人下痢と格闘していた。全く何しに来たのか、情けなくてしょうがなかった。

市販のヤクルトには乳酸菌が200億個入っているらしく、さらにヤクルト400には400億個入っているという。しかも市販のヤクルト200でさえ、1日1本飲むように容器に書かれている。

つまり、通常は乳酸菌を200億飲むのに対し、この日は一気に800億飲んでしまった計算になる。

これではお腹が痛くなるのもムリはない。

ヤクルト恐るべし。

79 紛らわし過ぎる！

今年の夏、人間ドックを受けた。検査結果は前回よりも体重が落ちて、概ね良い状態になっているということだった。

だけど、逆流性食道炎になっているということで、近いうちに病院で受診するよう言われた。それで、医者からの紹介状を持って病院に行った。

そこでは、まず逆流性食道炎の簡易テストのために、看護師さんから問診を受けることになった。ちょうどその日は混んでいて、隣とはカーテン一つで仕切られた大部屋の診察室で問診を受けた。

問診の内容は、胸やけをするかとか、よくゲップをするかとか、色々な質問があった。問診を始めて、すぐに隣の部屋の会話が気になった。隣からは男性医師と女性の患者の声が聞こえた。

患者「痛い、痛い！」。医者「ジッとして、動かないで！」。何やら処置みたいなことをしているようだった。

さらに医者が「もっと脚を広げて」と言った。患者は「痛い、痛い、止めて下さい」と抵抗している様子。何やら聞き捨てならない状況だった。

さらに医者が「もっと脚を大きく広げて！　見えないじゃないか！」と声を荒げて言った。患者も「先生、止めて下さい。痛いッ」と激しく抵抗している。

もう、僕は隣で何をやっているのか、気になって問診どころではなくなっていた。

さらに医者が「ジッとして、これじゃぁ、入らないじゃないか！」。そして患者が「あぁー、痛い、痛い、先生、止めてぇー！」とさらに悲痛な声を上げている。

カーテン一つを挟んで反対側では何が行われているのか、僕の妄想は大きく膨らんだ。

僕は、もう何を質問されているのか、サッパリ頭に入ってこなかった。僕の問診はグダグダだった。その後、何を聞かれたのか全く覚えていないが、とりあえず問診は終わった。看護師さんに「後で先生が診ますから廊下で待ってて下さい」と言われ、隣が気になりつつ廊下で待っていた。

しばらくすると、隣の出口から車椅子に乗ったおばあちゃんが出てきた。車椅子の脇には蓄尿バッグがぶら下がっていた。

なんだ。尿道カテーテルを入れていたのか。紛らわし過ぎる。おかげで、まともに問診に答えられなかったじゃないか！

80 ベイブレード

ベイブレードというバトル専用のコマを知っているだろうか。

僕の長男と次男が幼稚園の年長６歳と年少４歳の時の話。

その年はちょうど２０００年、ベイブレードが爆発的に流行った。どこもかしこも子供たちはこのコマを持っていた。もちろん僕の子供たちも何個か違うコマを持っていた。

子供たちは、毎日友達や兄弟同士でコマを戦わせて遊んでいた。強いコマを持っている子は誇らしげだった。

なので、みんなベイブレードを求めてオモチャ屋に殺到した。

その当時、僕らは大阪に住んでいたが、どこの店も売り切れていてなかなか買えなかった。

そんな最中、僕は広島に仕事で出張した。帰りに子供のお土産を買おうと思って、何か良いものがないか物色していた。すると、大阪ではなかなか買えない、ベイブレードを見つけた。だけど1種類しか売っていなかった。

僕は子供二人に同じ物を買ってもしょうがないと思い、長男にはベイブレード、次男にはウルトラマンガイアのフィギュアを買った。

家に帰って、子供たちにお土産をあげると、長男は「ワーイ、やったー」と凄く興奮して喜んだ。だけど、次男は包みを開けて、ウルトラマンガイアを確認すると、目にいっぱいの涙を溜めて「これ持ってる！」と言って、僕にウルトラマンガイアを投げつけた。

それから、次男は泣きじゃくり、喜ぶと思ったお土産で気まずい状態になってしまった。しかも、僕は既に次男が持っているオモチャさえ知らなかった。

僕は「ゴメン、ゴメン、すぐにベイブレード買ってあげるからね」と言って、次男をなだめすかした。

翌日、僕は仕事が終わったと同時に大阪市内の難波のオモチャ屋を駆け回った。だけど、どこもベイブレードは売り切れていた。仕方ないので、隣の日本橋に移動して、また何軒か探し回った。

夜の9時過ぎに入った店で、やっとベイブレードを見つけた。僕は救われた気がした。「ベイブレードが買えてよかった、よかった」と店員に何回も礼を言った。

その夜、約束通り次男にベイブレードを渡すことができた。次男も喜んでくれた。

今回の件で僕は悟った。子供には、お兄ちゃんだから、弟だからと区別してはいけない。何でも等しくしないと。

81 カラオケ

カラオケをトップバッターで歌うのは、なかなか気が引けるものである。ある程度お酒を飲んで、気分が乗らないとなかなか歌いづらい。スナックに飲みに行った時も、お客さんは最初のうちは話をしているだけで、誰も歌おうとしない。誰かが歌い始めると、堰を切ったようにリモコンに予約が入り始める。

この間、同級生数人で居酒屋に飲みに行った時のこと。

僕らが入った個室にはカラオケが設置されていた。最初、みんなはお酒を飲んだり、料理を食べたりしながら雑談していた。

入店して1時間もしないうちに、メンバーの一人が僕に「郷ひろみの〝お嫁サンバ〟を歌え！」と曲を予約しようとした。この曲は、気分が乗っている時に歌う僕の定番だった。僕はまだ酔いが足りないので、「歌わない！」と断った。それでもしつこく曲を入れようとするので、さらに、「もし入れても絶対に歌わないよ！」と念押しした。

だけど、そいつは勝手にその曲を入れた。すぐに歌が始まり、しばらく曲だけが空しく流れ続けた。それを見かねた、別のメンバーが歌ってくれた。

性懲りもなく、そいつは他のメンバーが日頃歌う曲もまた勝手に入れた。結局、そいつは他のメンバーが歌いそうな曲を勝手に5回ぐらい入れ続けた。自分が歌う訳でもないのに、勝手に曲を入れられて、僕らはホントに迷惑をしていた。

そして、そいつは6曲目にやっと自分の歌を入れて、満足そうに歌っていた。それからというもの、今度は連続して自分の曲を入れまくり、歌いまくった。

何なんだ！　僕らは前座か？　そいつの悦に入って歌っている姿を見て、僕は思った。そんなに歌いたかったら、最初から自分で歌えよ！

82 パンティー

20代の頃、僕の職場の忘年会では余興の一つとして毎年くじ引きをしていた。

当時、30名ぐらいの職員がいて、みんな何かしらの景品が当たった。1番から30番まで景品に番号が振られてあって、必ずしも1番が高価な景品ではなく、ランダムに番号が振られていた。幹事が1番から順に番号を読み上げると、その番号を引いた人は前に出て、当たった景品の包み紙を破って、みんなに見せるのが習わしだった。

もちろん、高価ないい景品もあったが、受け狙いの変な景品もあった。いつも女性用のパンティーも入っていて、誰かが当たるとそれを被ってみんなを笑わせた。それはそれで会が盛り上がり楽しかった。

翌年、僕が幹事をすることになった。近くのショッピングセンターに景品を買いに行った。高価な物からソコソコの値段の物まで、順調に色々な景品を買い進めた。最後は、受け狙いのパンティーを買えば買い物は終わりだった。

だけど、女性下着売り場の前まで来ると動きがピタッと止まった。遠巻きにパンティー売場をグルグル回るだけで、なかなか中に踏み込めなかった。それはまるで、変態の兄ちゃんがうろうろと変な目つきでパンティーを物色しているような感じだった。

30分ぐらい経った頃、通りがかった店員のお姉さんに、勇気を振り絞って言った。

「パンツが欲しいんですけど」と言うと、店員は「えっ！」と驚いた顔をした。さらに、しどろもどろに「忘年会で使うパンツ」と言うと、店員は不思議そうな感じで僕を見た。

それから、何とか事情を説明して店員にパンティーを選んでもらった。その時、僕は顔から火が出るくらい恥ずかしかった。そして、会を盛り上げる幹事の大変さを思い知った。

その年の忘年会は僕の課長がパンティーに当たった。課長はそれを被ってくれて、みんなワっと笑った。

僕は救われた気がした。

83 ドタキャン

年末には切ない思い出がある。好きな女の子を誘って、1週間前に行きつけの居酒屋に予約を取った。

久しぶりに会うので、彼女と会うのを楽しみにしていた。だけど、約束の1時間前に、突然来れないと連絡が入った。えっ！なんでこのタイミング？　行きつけの居酒屋の大将とは知り合いで、今度彼女を連れて来ると言っていた。今更キャンセルはできないので、仕方なく一人で居酒屋に行った。

店に入ると、カップルでいっぱいだった。「いらっしゃい！」。大将が威勢よく言った。

僕はカウンター席を予約していて、席は中央の大将の真ん前だった。僕は神妙な面持ちで座ると、「二人？」と大将は聞いた。僕は「二人で予約したけど、彼女は急用で来れなくなっちゃった」と言った。

大将はカウンター越しに、状況を察したらしく、さっきの威勢がなくなった。ぎこちない会話が交わされたが、すぐに途切れた。

それから、まるで映画のワンシーンのように、僕は一人で料理を注文し、一人で黙々と飲んだ。僕の目に映るのは、忙しそうにしている板前さんや楽しそうに話しているグループやカップルだけだった。

しばらくすると、彼女のために予約していた席に本土からの一人旅と思われる地味な感じのお兄ちゃんが座った。こんなはずではなかった。

その年最後の飲み会、僕の隣にいるのは知らない兄ちゃんだった。余りにも寂し過ぎる、侘びし過ぎる、悲し過ぎる。

僕は呟いた。来年はきっと良いことがあるさ。

84 若水取り

沖縄の正月には、一年の邪気を払うために若水取りの風習があった。汲んできた井戸水（若水）で茶を沸かして、それを仏壇に供え、また家族で飲むのが習わしだった。

僕が小学生の時は、毎年母方のオバーに頼まれて、集落の東側にある共同井戸「東井戸《あがりがー》」に若水を汲みに行っていた。

若水取りには決まりがあって、元旦の日の出頃の早朝に必ず男の子が汲みに行くことになっていた。オバーの家にも男の子はいたが、まだ小さく井戸で水を汲める歳ではなかった。

毎年、若水を汲んでくるとオバーは「トートー、いい童子《わらばー》やさ（いい子だ、いい子だ）」と言って、喜んでお年玉の25セントをくれた。当時、小学生のお年玉の相場は10セントだったので、25セントは破格だった。

若水取りは、元旦の大事な風習というよりも、僕にとっては高額なお年玉が貰えることが魅力だった。

ある年、僕は寝坊して若水を汲みに行かなかった。夕方、年始回りでオカーと一緒にオバーの家に行くと、オバーは機嫌が悪かった。

だけど、オバーは「今日《ちゅう》や、ぬーんち来《く》ーんたが！（今日は、どうして来なかったんだ！）」と小言を言いながらもお年玉として25セントをくれた。25セントは必ずしも若水取りの褒美ではなかったのだ。

翌年、オバーから若水取りの声が掛からなかった。というより、オバーの家の男の子が若水を汲める歳になっていた。

最後の若水取りの僕の務めは、せめて良い思い出で締めたかった。

きっと、あの日オバーは僕が来るのをずっと待っていたに違いない。

オバーには悪いことをした。

85 オカーの戦術

正月三日に神社に初詣に行った。一通り今年一年の祈願をして、帰ろうと歩いていたら、激しく泣いている子供の声が聞こえた。

迷子の子が泣いているのかと思いきや、出店の前で男の子が泣きわめいていた。何やら、おもちゃが欲しい様子で地団駄踏みながら必死に「あれ、欲しいぃー」と何度も何度も母親に訴えていた。父親も側に立っていたが、二人とも周りを気にせず、毅然とした態度で息子を見つめていた。

今どき、そんな風景は滅多に見なくなったが、僕が子供の頃はそれが普通だった。昔は、お金も物もあまり無い時代だったので、お祭りの出店の前では、あちらこちらで子供たちが泣き叫んでいた。

僕もオカーにせがんでウルトラマンの面や水鉄砲を買ってもらった記憶があるが、なかなかすんなり買ってもらったことはなかった。

オカーと一緒に服などを買いに、今は無き国際通りの山形屋デパートに行った時には、いつもオカーはワザとおもちゃ売場の前を避けて歩いていた。僕はオカーが服を選んでいる間におもちゃ売場に行き、何か面白いおもちゃがないかどうか探した。そして、戦車のプラモデルを見つけた。

僕はどうしてもその戦車が欲しくなって、オカーにせがんだ。「買って、買って！」と駄々をこねていると、決まって交換条件を突きつけられた。今度、テストで１００点取ったらとか、家の手伝いをしてくれたらなどと条件を付けられ、それを約束させられて買ってもらった。

結局、それをやらないと次に買ってくれないので、その約束を守るしかなかった。僕は、完全にオカーの術中にはまっていた。そうやってイヤなことをやらされていたような気がする。

オカーは何枚も上手《うわて》だった。

86 転ばぬ先の傘

沖縄の人は通勤で自転車を使っている人は少ない。だけど、本土の人は駅まで乗ってる人は結構多い。

僕が神戸に住んでいた時のこと。僕はバスと電車を乗り継いで職場に通っていた。

いつものようにバス停でバスを待っていると、タイトスカートを履いた若い女性が僕の前を自転車で駆け抜けていった。その直後、「ガチャン」と音がしたかと思うと「キャー」と悲鳴が上がった。

見ると、さっきの女性がパンツ丸出しで宙に浮いて一回転していくところだった。それはまるで映画の犬神家の一族のように両足を天にV字に広げて吹っ飛んでいった。

僕はすぐに「大丈夫ですか?」と言って駆け寄ると、落ちた時に右ヒジを突いたらしく、ザックリ皮膚がめくれていた。

僕は持っていたハンカチを差し出すと、女性は「ありがとうございます」と言って、それを傷口に押し当てながら痛そうにしていた。僕は「救急車呼びましょうか?」と言ったが、そこまでしなくてもいいということだった。

どうやら、女性は傘をハンドルに掛けて走っていたらしく、何かの弾みで傘の先が前輪のスポークにはまり、急ブレーキが掛かったようだった。

女性は僕にお礼を言った後、トボトボと家のほうに自転車を押して帰って行った。

その後、どうなったのか気になっていたが、それ以降そのバス停で彼女を見かけることはなかった。

自転車は便利な乗り物だけど、注意して乗らないと不幸な結果が待っている。

87 エア・サプライ

好きな音楽を聴くには、レコード店でCDを買ったり、インターネットでダウンロードしたり、ツタヤやゲオで借りたりと、今はとても便利である。

僕は大学の頃、洋楽にハマりジャーニーやREOスピードワゴン、シカゴ、マイケル・ジャクソン、エア・サプライ等を聴いていた。

エア・サプライはオーストラリアのバンドで、爽やかなハイトーンボイスが売りだった。2年生の夏、大好きな「The One That You Love」や「Here I Am」が収録されたニューアルバム「シーサイド・ラブ」が発売されたので、僕はそれを買って毎日のように聴いていた。

そのレコードを買ったことを友達に話すと、彼もエア・サプライが好きなので、貸してくれという。買ったばかりで少し気が引けたが、僕はそのレコードをカセットテープに録音していて、いつでも聴けたので彼に貸してあげた。

彼もカセットに録音して、すぐに返してくれると思っていたら、1ヶ月経っても返してくれなかった。

しびれを切らして、彼にレコードを返してくれと言うと、彼は「すまん！」と言った。彼曰く、車の後部座席の上のほうに置いていたら、レコードが少し曲がってしまったのだという。僕はムッとしたが、ちゃんと聴ける程度だろうと思って、返してもらった。

家に帰ってレコードを聴いてみると、曲が伸びたり、早くなったり、至るところで針も飛んだりで、とてもまともに聴ける代物ではなかった。レコードを真横から見ると、彼が言うようにレコードの歪みは少しではなく、大きく波打っていた。

きっと炎天下の中、何日も陽の当たる車の中に置きっ放しにしていたに違いない。あのハイトーンボイスの僕の大好きなエア・サプライは、とんだサプライズに変わっていた。

僕は人から借りた物は感謝して丁寧に扱うが、世の中にはこんな雑な人もいる。

彼は決して悪いヤツではなくて、今も友達として時々飲みにも行っている。親友だ。

でも、僕は彼に言いたい。「人に借りた物はちゃんと大切に扱えよ！」。

88 発想の転換Ⅰ

僕のオトーは今年で80歳になる。若い時から農業をしていて、最近は足腰が痛いと言って、畑もあまりできなくなった。

この間の日曜日、オトーが除草剤を撒くのを手伝ってくれと言うので、二人で畑に行った。そこにはビニールハウスが４棟あって、全部に撒くのだと言う。

時々、僕は畑を手伝ってきたが、今まで一緒に農薬類を撒いたことはなかった。というより、オトーは自分の子供には農薬類を撒く仕事をさせたくなかったのだろう。

僕らは、除草剤を大きな容器に溶いて、農薬散布用のモーターで撒き始めた。

最初はオトーが撒いて、僕はホースを引っ張る役目だったが、オトーがすぐに「ヒサやでぃ（足が痛い）」と言うので、僕が代わって除草剤を撒いた。

除草剤は、ちょっと前に手動の噴霧器でお墓の花壇に少し撒いたことがあったが、散布用モーターで本格的に撒くのは初めてだった。ビニールハウス2棟分撒いたところで、溶いた除草剤が無くなってしまった。

オトーが「モーター止《とぅ》みれー（モーターを止めて！）」と言うので、教わった通りにモーターのスイッチを切った。

僕らは残り2棟分の除草剤を溶いて、モーターのエンジンを掛けようとした。このモーターは旧式の思い切り紐を引っ張った勢いでエンジンを掛けるタイプで、掃除機の電気コードを引っ張って、手を離すとコードが本体に巻き戻されるような仕組みに似ている。

オトーが「イヤーがモーター起《ぅ》クセー（お前がモーター起こして）」と言うので、僕がエンジンを掛けることになった。僕は思い切り紐を引っ張った。だけど、エンジンは掛からなかった。もう一度やってみたが掛からなかった。

それから何回やっても掛からなかった。除草剤も大量に溶いてしまったのに、日も落ち始めてきて僕はだんだん焦ってきた。そして、勢い良くエンジンを回そうと紐を強く引っ張った瞬間、なんと紐が切れてしまった。つづく。

89 発想の転換Ⅱ

残りのビニールハウス２棟分の除草剤を溶いてしまったけれど、何回やってもモーターのエンジンは全然掛からなかった。終いには、スタート用の紐さえもちぎれてしまった。

「やっけーなたん!うれー、捨《し》てぃてぃん、捨《し》てぃらん（厄介なことになった。溶いてしまった除草剤は、捨てたくても捨てられない）」とオトーが声を上げた。そして、オトーがモーターをよく見て言った。「スイッチが入《い》っちぇーねーらんしが！（スイッチが入ってないじゃないか）」。

そういえば、僕は1回目に撒いて、モーターを止める時に、赤いつまみのスイッチを切っていた。僕はこのスイッチを戻さずに何回も紐を引っ張っていたんだ。これじぁ、掛かる訳がない。でも、そんなことを言っている場合じゃない。何とかモーターを掛けないといけなかった。

僕はオトーに工具箱を持ってきてと言われて、スパナでモーターに付いている紐を巻き取る装置を本体から外した。そして、その装置から紐を抜き取り、切れた紐を結び直した。

今度はコマを回すように、紐の先を結んで直接本体のスターター部位に引っ掛け、これを巻き付けて一気に引っ張った。だけど、モーターは掛からなかった。僕はまた何回も力一杯紐を引っ張り続けた。精も根も尽き果て、いよいよ日も落ちかかり、僕はもはやこれまでと諦めた。

すると、オトーが言った。「紐貸しれー、真《ま》ジェー反対からまーちんだイー（紐貸して、試しに反対に紐を巻いて回してみようね）」。

そして、オトーが紐を引っ張った瞬間、一発でエンジンが掛かった。

僕は、なんと反対に紐を巻いて、逆方向に何回も引っ張っていたのだ。僕は紐が切れる前、ずっと時計回りに巻かれた紐を引っ張っている感覚でいたからだった。

僕は勢いよく回っているモーターを見て思った。人は何事も先入観を持ってやってはいけない。うまく、いかなかったら、何が悪いのか一度立ち止まって考えないといけない。

難儀をしたが、これは良い教訓になった。

それにしても、オトー、僕よりも頭柔らかいわ。

90 ロケット計画Ⅰ

僕が子供の頃は探検が好きで、休みの日は友達や弟たちとよく野山や川に出掛けていた。

小学校6年生の時、日曜日に近所の子と弟を引き連れて家から少し離れた山に行った。

そこは平日、何台ものブルドーザーで山を削って、ダンプカーが往来し、平地にする作業をしていた。

その山は通学路から見えるところにあり、僕は日頃からそこが気になっていた。

その日は工事が休みで、僕らは整地途中の削れた山の斜面を登ったり、駆け下りたり、土の塊を投げ合ったりして遊んだ。

そうするうちに、僕らは戦争時の防空壕を見つけた。そこは、ブルドーザーで切り崩されてポッカリ入口が開いていた。

なんと、その壕の入口や周りには、赤錆びた大砲の弾が沢山積まれていた。

この壕は戦争当時、きっと日本軍の弾薬庫だったに違いない。

僕らは大量に積まれた爆弾を見て興奮した。よく見ると、弾頭が外れた弾もいくつかあった。その弾の中には、干昆布みたいな幅1センチ、厚さ2ミリ、長さ30センチくらいの板状の火薬がぎっしり詰まっていた。

「やったー」、僕は宝物を見つけたように小躍りして喜んだ。日頃から僕は火薬を使って造りたい物があった。「これでイケる！」。僕の期待は大きく膨らんだ。僕は心躍らせながらその火薬を抜き取って大事に家に持ち帰った。つづく。

91 ロケット計画Ⅱ

僕が小学校の時はアメリカと旧ソ連が宇宙開発でしのぎを削っていた。旧ソ連が初めて有人飛行を成功させ、アメリカはアポロ11号で人類初の月面着陸に成功した。

米ソが宇宙に飛び出す度に、そのニュースはテレビで放映され、繰り返しロケットの発射映像が流れた。カウントダウンとともに、激しい炎を吐き出しながらゆっくりと天に打ち上がるロケットを見て、僕は感動と興奮に包まれていた。僕も自分でロケットを打ち上げてみたかった。

そして、ついに防空壕で火薬を手に入れた。

僕は念願のロケットを飛ばすために、色々な実験をした。まず、ヤクルトの容器に火薬を詰め、板状の火薬を導火線代わりに噴射口から伸ばし、そこに火を点けた。すると、糸の切れた凧のように蛇行した後、地面にジャンプしてどこかに跳んで行った。全然真っ直ぐには飛ばなかった。

今度は、ヤクルトよりも細長いネクターの缶に火薬を詰めてやってみると、叩かれて、のた打ち回るハブのように地面で暴れた。

さらに、適当なサイズの塩ビの水道パイプに火薬を詰めると、少し飛んだがすぐに落ちて猪のように地面を這って突進して行った。水道パイプだと真っ直ぐに進むようになったが、本体が重くて飛ぶ力までは無いようだった。

そして、さらに実験を重ねて、遂にうまく飛ぶ方法を見つけた。つづく。

92 ロケット計画Ⅲ

僕が防空壕から火薬を持ち帰ったのは、ミサイルや爆弾を造るためではない。真似事ながらもアポロやソユーズを打ち上げるようなロケットが造りたかったのだ。

僕は色々な実験を重ねて、遂に真っ直ぐにロケットを飛ばす方法を見つけた。

それは簡単な作りでよかった。僕は板状の細長い火薬を10枚ぐらい重ね、それを新聞紙でキツく包んで、噴射口には1本だけ少し長めに火薬を出した。これを斜めにセットして、導火線代わりに出した火薬に火を点けると、シューっと音を立てて、勢いよく真っ直ぐに飛んだ。

つまり、ロケットを飛ばすには、軽くて、細長くて、左右対称のバランスの取れた形態にすればいいことが分かった。だけど、ミサイルのように斜めに飛ばすことはできたが、真っ直ぐに垂直に飛ばすことはまだできなかった。

僕はロケットを飛ばすのが楽しくて、毎日学校から帰ってくると、すぐにロケットの改良に励んでいた。

何日か経った頃、いつものように学校から帰ってロケットを造ろうと天井裏に手を伸ばすと、隠してあった火薬がなくなっていた。オトーに、「火薬が無くなっているんだけど」と言うと、区長がやって来て持って行ったということだった。

きっと、僕が火薬を持っていることを誰かがチクったに違いない。

翌日、僕は担任の男の先生に職員室に呼ばれた。そして「あの火薬はどこから持ってきた?」、「爆発したらどうする!」、「火事になったらどうするんだ!」などと散々怒られた。

そして、先生が激高した挙げ句に言った。「君は自分で爆弾を外して火薬を抜いたのか?」。

僕は「自衛隊の不発弾処理班でもあるまいし、小学生ができるわけないだろう!」と思ったが、しばらく黙っていた。きっと大人には、なんて危険な遊びをする子供なんだと思われたことだろう。

こうして、僕のロケット計画はあえなく潰えた。

93 これで医院か?

春先になると、本土のほうでは花粉症の人たちにとって辛い日々が続く。

僕は20数年前、大阪府の貝塚市に住んでいた。

沖縄にいる頃は、花粉症なんて無縁だった。テレビを見ていると、何でみんな辛そうなんだろうと思っていた。関西に転勤しても花粉症にはならず、至って元気だった。ところが、花粉症は関西在住7年目にして突然襲ってきた。

目は痒く、クシャミを連発し、鼻水が止めどなく流れた。鼻水が止まったかと思うと、今度は鼻が詰まって息苦しい。ほんと、辛くてたまらなかった。こんな状況だと仕事に集中できないので、2週間に1回は耳鼻咽喉科医院に通っていた。

かかりつけの医院の受付は午後6時半までだったので、仕事が終わっていつもギリギリ間に合うか、間に合わないかの時間に着いた。時には受付時間に間に合わず、診察が受けられない日もあった。

ある日、ギリギリ間に合って、受付を済ませてソファーで呼ばれるのを待っていた。その後やって来た患者は、受付のキツそうな看護師に「本日の診療は終わりです」とキッパリと言われ、何名か帰っていった。

しばらくして、作業着姿のイカついオジさんが、刃がムキ出しの鎌を片手に持って入ってきた。殴り込みか？　一瞬、異様な雰囲気に受付ロビーがシーンとなった。

受付に向かうと、オジさんはカウンターに鎌をバンッと置いた。そして、おもむろにポケットから保険手帳を出して言った。「受付！」

あのキツそうな看護師は、一瞬後退りして引きつったまま、何も言わず受け付けをした。そして順番待ちの周りの患者さんも誰一人として文句を言う人はいなかった。

そうか、こんな手もあったのか！

時々受付に間に合わず、渋々帰っていた僕は感心した。

94 振り向いて鼻血ブー

人助けをしようとして、自分が犠牲になることがたまにある。

それは、勇気ある行動ではあるが、時として残念な結果に終わる。

僕が小学校5年生の時、校内でクラス対抗の陸上競技大会があった。100メートル競争やリレー、走り高跳びや走り幅跳びはもちろん、ソフトボール投げという競技もあった。

僕が、放課後クラスメイトのソフトボール投げの練習に付き合っていた時のこと。

そのクラスメイトは腕力があって、その大会で1番になる可能性が高かった。僕は運動場で彼が投げたボールを拾って、投げ返す役目をしていた。

彼はボールを投げる度にだんだん調子が良くなっていった。そして、何投目かに投げたボールが逸れて、低学年が遊んでいた集団に飛んでいった。僕はその方向に走りながら、大声で「危なーい！　退いて、退いて！」と言って低学年を避難させた。

そして、ボールの行方を見ようと振り向いた瞬間、僕の鼻にソフトボールが直撃した。目の前に火花が散り、僕はその場に倒れ込んだ。鼻に鈍痛が走り、ドクドクと鼻血が湧き出て、なかなか止まらなかった。

投げたクラスメイトが走って来て、心配そうにしていたので「大丈夫、大丈夫」とは言ったが、鼻を押さえた手は血だらけで全然大丈夫ではなかった。すぐに人垣が出来て、誰かが持ってきたトイレットペーパーで溢れる鼻血を何度も拭いた。

それから僕は、トイレットペーパーを鼻に詰め、天を仰ぎながら、2キロの家路をそのクラスメイトと一緒に帰った。

夕方になって、畑から帰ってきたオカーが僕の顔を見て驚いたが、血も止まっていたので大したことはないと思っているようだった。

翌日、僕の顔はお岩さんのように腫れ上がっていたが、両親は畑が忙しく病院には連れて行ってくれなかった。その時鼻を押すと、ブヨブヨしていて、子供ながらに骨が折れているんじゃないかと思っていた。

だけど、僕はそのまま放置して治した。おかげで僕の鼻は少し歪んでいる。

あの時、すぐに病院に行っておけば、今頃速水もこみちのようにモテモテだったに違いない！ 残念でならない。

95 イメチェン

人というのは、日頃やらないことをやってみたいものだ。

僕が二十歳の頃パンチパーマが流行っていて、僕の幼なじみもその髪型をやっていた。その当時、僕はいつもスポーツ刈りみたいな頭だったので、そろそろ髪型を変えたいと思っていた。

そんなある日僕も流行に乗ろうと、思い切ってパンチパーマを当てた。

オカーは「不良ぎさぬ（不良みたいだ）」、大学の同級生は「仏像さん」と手を合わせる始末。周りのみんなには全然受けが悪かった。僕も正直「これはイカンわ」と後悔した。

僕は早く髪の毛が伸びて、この髪型を変えたいと思っていた。

そんな矢先、僕の幼なじみが結婚することになって、僕らは結婚式の余興をすることになった。その当時は松坂慶子の「愛の水中花」が流行っていて、誰かの発言でそれをやろうということになった。

ちょうどその頃には、僕のパンチパーマは程良く伸びて、だるいアフロへアーみたいになっていた。みんなが、髪も長いし「お前がセンターをやれ!」ということになり、仕方なく女装して僕がセンターで「愛の水中花」をやることになった。

結婚式当日、同級生の女子はなぜかテンションが上がり、僕にはひと際色っぽいドレスを貸してくれて、念入りに化粧もしてくれた。さらに黒の際どい網タイツを履き、僕だけが完全な変態に仕上がった。

僕はその格好で「愛の水中花」の曲に合わせて髪の毛を掻き上げながら妖艶に踊り、時には誘惑するような目で観客を見つめ、華々しく結婚式のステージを飾った。

それは、生々しく、異様にキモく、この世のものとは思えない変態オカマショーだった。
だけど、結婚式は大いに盛り上がり、拍手喝采だった。

人生、何が幸いするか分からない。

96 真夜中の襲撃

僕が子供の頃、近所に股間の大きいオジーがいた。

それは、決して大人だからではない。叶姉妹のオッパイぐらいに異常に陰嚢が大きかった。
僕は、オトーに「何であのオジーのチンチンはあんなに大きいの？」と聞くと、フィラリアという病気だということだった。

そんなある日、夜中ぐっすり眠っていると、白衣を着た知らない大人数人が僕の寝床に乱入してきた。突然の出来事に何が何だか分からず、僕は手足をバタつかせながら恐怖と不安で泣き叫んだ。

僕はその白衣の大人に羽交い締めにされた挙句、医療用のランセットで耳たぶを刺され、ゴム管に付いたガラス棒で血を吸われた。

何なんだこれは？　夜中に寝込みを襲われて、血を吸われるなんて。

これは、今どきのテレビバラエティのドッキリよりもひどいではないか！　その時のリアクションは、あの出川哲朗でさえも真似できなかったに違いない。しかも、隣でオトーとオカーもその様子を見ていたが、助けてはくれなかった。その時は「子供が襲われているのに、なんてひどい親なんだ！」とさえ思った。

後で、オトーに「何で夜中に血を吸われたの？」と聞くと、フィラリアの検査だということだった。フィラリアは寄生虫が原因で、この虫は人が寝ている夜中に末梢血管に移動してくる性質があるので、真夜中に採血するということだった。

それにしても、「オトー、夜中に血を採りに来るなら来ると、言ってよ！」と思った。だけど、知っていたら眠れないから意味ないよね。

97 調子乗りの大バカヤロー

僕は予備校生の頃、スズキＲＧ50という原付バイクで塾に通っていた。大学に合格すると、安い中古のカローラを買ってもらって大学に通った。原付バイクと車があるので、遅刻しそうな時は大体バイクで行っていた。そういう時は、決まって舗装された道を通らず、近道の穴ボコだらけの砂利道を通った。

7月の期末試験前、遅刻しそうになったのでバイクで大学に行った。その日はドイツ語の講義があって、厳しい先生なので遅刻はできなかった。授業には何とか間に合い、いつものように真面目にノートを取った。

その日の講義が終わり、僕はスズキＲＧ50の後ろの荷台に鞄をくくり付けた。このバイクの荷台は自転車の荷台みたいになっていて、自転車用のゴム製の伸びる紐で鞄を固定した。帰りもまた同じ砂利道を通り、週末で気分も良かったので穴ボコをジグザグと蛇行しながら、時にはバウンドしながらルンルン気分で帰った。

家に着いて、僕は目を疑った。荷台にくくり付けたはずの鞄が無くなっていた。バイクが何回もバウンドした弾みに落ちたに違いなかった。僕は唖然となった。しかも翌週はあの厳しいドイツ語の試験があった。鞄の中にはその教科書とノートが入っていて、土日にテスト勉強をしようと思っていた。しかも、運転免許証入りの財布も入っていた。

僕は急いで帰ってきた道に鞄を探しに行った。注意深く探したけれど、鞄は見つからなかった。誰かが財布だけ抜き取って、どこかに鞄を放り投げたのだろう。僕は警察に紛失届を出しに行って、その後は土日だというのにテスト勉強することもできずに悶々と過ごした。

翌週テストを受けたが、案の定結果は散々だった。すぐに結果は張り出され、このままではドイツ語の単位を落としてしまうのは明白だった。僕は先生に追試を懇願しに行った。事の始終を話すと、先生も分かってくれて、再テストをＯＫしてくれた。僕は試験の終わった学生から教科書を借りて、徹夜して何とかギリギリ合格点を取ることができた。

実はあの日、僕はモトクロスレースでもやってるように、砂利道の穴ボコをワザと何回もジャンプしながら、ライダー気分で帰ったのだった。

僕は悟った。調子に乗っていると、後で大きなしっぺ返しが待っている。

98 オバーの逆襲

人間、いざという時には自分でも思ってもいないような力が出るものだ。

僕が小学校4年生の時のこと。僕のオバーは腰が痛いとか、脚が痛いとか言ってあまり家事をしなくなった。でも、ユンタク（雑談）は好きで、隣近所のオバーたちの家に遊びに行ったりしていた。

その当時、僕の家の便所は外にあって、和式のポットン便所だった。便所に行くと、いつも便器の端っこにウンコが付いていた。

僕は「誰なんだ！　いつもウンコを付けてるのは？」と思っていた。「犯人はきっとオバーだ。脚が痛いから真っ直ぐに座れないんだ」と、僕は勝手に決め付けていた。

そして、ウンコを付けるのをやめさせようと思い、僕は甲子園の入場行進のプラカードみたいな看板を作った。そこには「オバー、はんたグスするのはやめましょう（おばー、端っこにウンコを付けるのは止めましょう）」と書いた。

僕は、その看板を便所の隣にある水タンクの土台のブロックの穴に差し込み、取れないように石を詰めてハンマーで叩いて固定した。

翌日、僕はオバーに呼び出された。オバーは物凄く怒っていた。オバーは言った。「イヤーがるあぬ札《ふだ》立《た》てぃたれー（お前があの札を立てただろう！）」。

黙っていると「うまんかい、来《く》わ！（こっちに、来い！）」と、オバーに便所に連れて行かれ、僕は驚いた。取れないように頑丈に立てた看板が、根元からへし折られていた。しかも、差し込んだブロックも破壊されていた。

無惨に折られた看板を見て僕は思った。

オバー、腰が痛いんじゃなかったの？

99 オトーの気概

子供の頃、台風が来ると学校も休みだし、家も停電して何かワクワクした。ロウソクの明かりで、オカーの作ったヒラヤチー（沖縄風チヂミ）を食べるのも楽しかった。だけど、楽しいことばかりではなかった。僕の家は農家で、むしろ被害のほうが多かった。

6年前の秋台風は、いつになく大きくて風も物凄く強かった。僕の近所の大木も倒れた。台風が去ってから、僕は気になってオトーに電話で畑の被害の様子を聞いた。ビニールハウスが壊れたということだった。

週末、僕はオトーのビニールハウスを見に行って、愕然とした。屋根が地面に落ちて、鉄骨が折れ曲がって無惨な姿だった。「これじぁ、もう使えないじゃないか！」。電話で話を聞いた時には、正直修理できる程度だと高をくくっていた。

実家に行くと、オトーはしょんぼりしていた。これからどうしようかと途方に暮れている様子だった。このビニールハウスは、僕が高校の夏休みに家族総出で柱1本1本から組み立てた、思い入れのあるものだった。特にオトーにとっては、このビニールハウスは毎年立派な茄子を育ててくれる相棒でもあった。

この年、オトーはもう74歳だった。僕は「これでオトーが茄子を作ることはないだろう」と思った。茄子どころか、気力をなくして農業も辞めて、老け込んでしまうんじゃないかとさえ思った。

ところが、オトーは僕の心配を打ち砕き、300万円をかけてまた新しいビニールハウスを建てた。何というバイタリティー！「これからどんだけ頑張るつもりなんだ？」。

僕はオトーのやる気と根性に脱帽した。

100 ソフトキャンディ

17年前、僕ら家族は神戸市西区伊川谷というところに住んでいた。

ここは、神戸市ではあるが田んぼも多かった。

その頃、長男は幼稚園の年長で自転車を上手に乗りこなしていた。次男にも、年少になった時にせがまれて自転車を買った。次男の自転車にはまだ補助輪が付いていて、補助輪が取れて運転が上手になったら、３人でサイクリングに行こうと約束していた。

5月の下旬、次男の補助輪が取れて、運転もだいぶ上手になった。

それで、僕は子供たちに「今度の日曜日にサイクリングに行こう！」と言ったら、子供たちは大喜びだった。「晴れたらいいね、てるてるぼうず作ろうかな」。子供たちはサイクリングが待ち遠しくてたまらない様子だった。

いよいよ約束の日曜日になった。その日は天気も良く、最高のサイクリング日和だった。

僕はサイクリングの折り返し地点で休憩を入れて、何か飲み物を買おうと５００円玉をズボンのポケットに入れた。

サイクリングコースは、あまり車の通らない近くの田んぼの農道を選んだ。ちょうどその頃は田植えの時期で、水を張った田んぼが気持ち良かった。所々の田んぼにはクサヘビがいて、沖縄から来た僕には珍しかった。クサヘビを見つけると、僕らは立ち止まり、ヘビの様子を見ていた。クサヘビは僕らの気配を感じると、水面を蛇行しながら泳いで逃げて行った。それを見て、子供たちも歓声を上げた。

サイクリングが折り返し地点に来たので、僕らは自動販売機がある小さなお店の前で休憩を取った。何か飲み物を買おうとポケットに手を入れると、あの500円玉がない！　慌てて両ポケットに両手を入れて探しても500円玉はなかった。

「しまった！　ペダルを漕いでいる間に落としてしまったんだ」。僕は子供たちに「ゴメンね、500円玉落としちゃった」と謝った。

すると、次男が自分のポケットに手を入れて、小さな拳を広げた。

「おとうさん、これ！」と言うと、小さな手のひらにはペコちゃんのソフトキャンディが3個載っていた。

次男も休憩の時に3人でキャンディを食べようと思っていたのだ。

その時「えらいね」と言おうとしたが、声に出すことができなかった。というより、僕はこみ上げるものを抑えきれなくなっていた。

僕は「うん、うん」とうなずきながら、何度も何度も子供たちの頭を撫でた。

おわり。

あとがき

筆者は29歳の3月まで沖縄本島南部で過ごし、同年4月から42歳まで大阪府と兵庫県内に在住後、帰沖し現在に至っている。したがって、本文中の幼少期から20代の話は沖縄県内での話であり、育児中の話は関西での経験に基づいている。筆者は小学校5年生の5月に沖縄県の日本復帰を経験し、それ以前は米国の統治下であったため、貨幣はドルを使用していた。筆者が幼少期の頃、沖縄県の南部はまだまだ自然と戦争の痕跡が残っていて、耕した後の畑の片隅には大砲の砲弾がよく転がっていた。当時、家の近くには学習塾もなく、電話が家に引かれたのも中学校3年生の時であった。ましてや、初めて携帯電話を手にしたのは35歳の時であった。テレビは幼稚園の時からあったが、一日中放映しているわけではなく昼間は番組放送がなかった。家庭用ファミコンのマリオブラザーズが普及したのも20代になってからだった。そういう環境なので筆者はよく野山で遊び、本書で登場する「秘密基地」や「ロケット計画」など、今の子供たちでは味わえないような色々な経験をすることができた。

本書では筆者が経験した失敗した話、笑い話、危なかった話、腹が立った話、教訓になった話などを収録しているが、タイムラインで先に内容を目にした人の感想は、異口同音に「これって本当の話なの？」であった。紛れもなくこれらの話は、筆者の実際の体験に基づいたものであり、特に「まじかッ！」と思わず声を上げたくなるこばなしを取り揃えたつもりである。本書を通して筆者が読者に望むのは、これらの失敗談や笑い話などで心を癒してほしいということと、筆者が教訓になった話や心にしみた話などを共有して読者のこれからの生活に生かしてほしいということである。

最後に、本書を出版するにあたり編集に携わった藤森功一さんをはじめとする株式会社風詠社の皆様、その他本書に関わった皆様、そしてタイムラインに「いいね」や沢山の「コメント」で応援してくれたみんなに感謝いたします。

南　かふう（みなみ　かふう）

1961年沖縄県生まれ。琉球大学卒。1985年に厚生省に入省し、沖縄県、大阪府及び兵庫県内の同省の施設等機関に約18年間勤務。2003年に転職し、現在に至る。教員。

まじかッ！　ほんとうにあったこばなし100選

2019年6月27日　第1刷発行

著　者　南 かふう
発行人　大杉　剛
発行所　株式会社 風詠社
〒553-0001　大阪市福島区海老江5-2-2
大拓ビル5 - 7階
TEL 06（6136）8657　http://fueisha.com/
発売元　株式会社 星雲社
〒112-0005　東京都文京区水道1-3-30
TEL 03（3868）3275
装幀　2DAY
印刷・製本　シナノ印刷株式会社

ISBN978-4-434-26237-1 C0095

乱丁・落丁本は風詠社宛にお送りください。お取り替えいたします。